제리엠 게임판타지 장편소설
WISHBOOKS GAME FANTASY STORY
힐통령
태양의 사제

KB012960

힐통령 태양의 사제 6

제리엠 게임판타지 장편소설

초판 1쇄 찍은 날 | 2019년 2월 14일
초판 1쇄 펴낸 날 | 2019년 2월 22일

지은이 | 제리엠
펴낸이 | 예경원

기획 | 위시북스
편집책임 | 이규재
편집 | 위시북스

펴낸곳 | 예원북스
등록번호 | 제396-2012-000132호
등록일자 | 2012. 7. 25
KFN | 제1-371호

주소 | 경기도 고양시 일산동구 호수로 646-24 위너스21II빌딩 206A호 (우)10401
전화 | 031-819-9431 팩스 | 031-817-9432
E-mail | yewonbooks@naver.com

ISBN 979-11-6424-136-1 04810
979-11-89450-74-8 (set)

※ 이 도서의 국립중앙도서관 출판시도서목록(CIP)은 서지정보유통지원시스템 홈페이지(http://seoji.go.kr)와 국가자료공동목록시스템(http://www.nl.go.kr/kolisnet)에서 이용하실 수 있습니다.

제리엠 게임판타지 장편소설
WISHBOOKS GAME FANTASY STORY
힐통령
6
태양의 사제
Wish Books

힐통령
태양의 사제

CONTENTS

39장
권선징악

'대체 어느 길드에서? 아니, 유저가 처치한 건 확실해?'

의문으로 가득 찬 설은영의 머리가 빠르게 돌아갔다.

'태양교의 영향력이 더 강대해진다고? 대체 왜?'

오직 두 가지 경우뿐이다.

신성력을 다룰 수 있는 NPC가 아오사를 처치했거나, 아니면 신성력을 다룰 수 있는 유저가 아오사를 처치했거나.

거기까지 생각이 미친 설은영이 황급히 지시했다.

"아오사의 시체부터 찾아. 루팅을 하는 사람이 있을 거야. 누구인지 알아내."

"예!"

천화 길드의 정예 길드원들이 사방으로 흩어졌다.

잠시 후, 길드 채팅을 통해 정보가 밀려들어 왔다.

-어디 애들인지는 모르겠지만, 도시를 완전 쑥대밭으로 만들어놨는데요?

-정말이네요. 광장 지역 근처는 성한 건물을 찾아볼 수가 없을 지경이에요.

-아주 지독하고, 치열하게 싸운 것 같습니다.

-어! 지금 아오사로 추정되는 거대한 잔해를 발견하긴 했습니다!

기다리던 보고에 설은영은 재빨리 다음 정보를 요구했다.

-어디 작품이야? 인원은?

-어어…… 그게…….

설은영이 유독 싫어하는 두 가지가 있다.

하나는 답답한 사람이고, 다른 하나는 그 사람과 대화를 하는 것이었다.

설은영의 눈빛이 험악해지자, 옆에 서 있던 보이드가 재빨리 채팅을 쳤다.

-됐고, 좌표나 찍어줘 봐. 대체 어디야 거기?

-여, 여기 좌표가…….

길드 채팅 창에 좌표가 떠오른 순간, 보이드가 설은영의 어깨를 살짝 짚었다.

"그럼 아가씨, 잠시만 실례요."

"마스터라고 불……."

"텔레포트."

200레벨이 넘어 마도사 칭호를 부여받은 보이드의 스킬 시전은 빠르고, 깔끔했다. 순식간에 폐허가 된 광장 지역으로 이동한 보이드가 휘파람을 불었다.

"휘유! 애들 말이 맞네. 누군지는 몰라도 아주 헐리우드 재난 영화 한 편 찍었는데요?"

신기하다는 표정으로 건물의 잔해를 툭툭 두드리던 보이드가 고개를 돌렸다.

"그리고…… 저게 아오사라는 놈인가 보죠? 정보부에서 조사했던 모습이랑은 조금 다르네."

"……."

설은영은 대꾸하지 않고, 쓰러진 아오사를 향해 다가갔다.

꿀렁, 꿀렁.

푸른 액체를 쏟아내는 녀석은 조금씩 몸의 일부분이 폴리곤화가 되며 흩어지는 중이었다.

'확실히 정보부의 예상과는 다른 모습.'

정보부에서는 아오사가 인간 형태의 소형 몬스터라고 추측했다. 그래서 천화 길드에서는 아오사의 레이드에 모든 신경을 곤두세우던 상태였다.

'같은 인간형 레이드 보스 몬스터라서 자신이 있었어.'

베이거스를 공략하면서 얻었던 경험이 큰 도움이 될 것이라 생각했다. 누구보다 빠르게 도착했다고 생각했건만, 이미 누군가가 선수를 친 상태.

'게다가 사체만 봐도…….'

설은영의 날카로운 눈매가 아오사의 사체를 훑었다. 이미 반 정도는 사라진 상태였지만, 압도적인 덩치가 선사하는 위압감은 여전했다.

'이런 녀석을 처치한 녀석. 대체 누구지?'

설은영의 고개가 천천히 위쪽을 향해 올라갔다. 그녀의 시야에 눈 부신 달빛을 등지고 자신을 내려다보는 사내가 들어왔다.

'한 명?'

그럴 리가 없다. 명색이 보스 몬스터인데 솔플로 잡다니?

고개를 흔든 그녀가 황급히 주변 길드원들을 돌아봤다. 하지만 그들은 미리 짜기라도 한 듯, 일제히 고개를 흔들었다.

-도시 전부 뒤져봤습니다.

-레인저들 총출동하고, 발자국 뒤지고, 수색이랑 추적 스킬까지 사용했어요.

-다른 유저들 몇 명이 더 있던 건 맞는데, 단순한 구경꾼이었습니다.

'믿을 수 없어.'

설은영이 저도 모르게 현실을 부정하며 고개를 흔들었다. 만약 저 말이 사실이라면, 눈앞의 사내는 그 유하린과도 비견될 만한 인물이기 때문이다.

'그런 인물이 갑자기 나타난다고?'

미드 온라인의 대륙은 넓다. 정말 넓은 세계다.

하지만 아무리 넓다고 해도 미드 온라인은 이미 누적 가입자 수만 7억 명을 돌파한 상태. 이만한 실력자가 몇 개월 동안 숨어 있다가 하늘에서 뚝! 떨어진다는 건 상식적으로 말이 안 되는 일이다.

'그렇다면…….'

설은영이 다시 한번 남자의 차림새를 살폈다. 언뜻 보기에도 정교하고 고급스러워 보이는 방어구와, 알 수 없는 위압감과 자신감이 느껴지는 단단한 몸.

'NPC?'

그나마 자신이 납득할 수 있는 결론이다.

'하지만 겉모습은…….'

아무리 봐도 태양교의 사제나 성기사처럼 보이지 않았다.

이에 설은영은 일말의 고민 없이 입을 열었다.

"당신, 플레이어인가요?"

끄덕.

사내가 가볍게 고개를 끄덕였다.

"그럼 아오사를 처치한 사람도 당신인가요?"

이에 설은영을 흘깃 쳐다본 남자, 카이는 시선을 메시지창으로 돌리며 고개를 까딱였다.

누가 봐도 그녀를 무시하는 듯한 태도.

그 모습은 당장 천화 길드원들의 분노를 끌어냈다.

"저런 건방진……."

"지금 자기가 누구랑 대화하고 있는지 알고……."

"좀, 닥쳐."

절대 큰 목소리는 아니었지만, 모두의 귓가를 선명하게 때리는 차갑고 단호한 목소리에 길드원들은 얌전히 입을 닫았다.

"쯧."

한 마디로 소란을 잠재운 설은영이 카이를 빤히 쳐다봤다.

'정말 예의 없어.'

하지만 그녀는 그 부분을 탓하지 않았다.

어차피 직장에서는 일을 잘하는 사람이 최고고, 게임에서는 게임을 잘하는 사람이 최고니까.

대신 그녀도 더 이상 예의를 갖추지 않았다.

"솔플?"

끄덕.

"소속된 길드는?"

도리도리.

자신의 깨끗한 가슴팍을 툭툭 두드리며 고개를 흔들었다.

평소였다면 그의 태도에 눈빛이 차갑게 식었겠지만, 설은영은 인재를 좋아했다.

'이만한 실력이라면, 저 정도 자존심은 당연해.'

그녀는 오히려 이해한다는 표정을 지으면서, 싱그러운 미소를 입가에 담았다.

"천화로 와요. 세계 최고의 대우를 해드리죠."

"……."

어이가 없어진 카이는 인벤토리에서 시선을 떼고 그녀를 쳐다봤다.

'아니, 무슨 길드 가입 권유를 거리에서 음식점 전단지 돌리듯이 말하지?'

게다가 그 말을 꺼낸 이도 결코 평범한 이는 아니었다.

'내 눈이 틀리지 않았다면…… 저 장비는 블랙 티로만의 세트. 현 주인은 설은영일 텐데?'

심지어 생긴 것도 설은영이 맞다.

그녀가 누구인가?

천화 그룹 회장의 손녀딸이라는 루머가 따라다니는, 천화 길드의 마스터. 동시에 기사 클래스의 랭커 중 하나이자 뛰어난 지휘 능력으로 유명한 한국의 3대 게임 여신 중 한명이다.

'그런데 어디서 본 것 같은…… 아, 이거야 당연한가.'

생각해 보니 약탈자들의 왕 베이거스 레이드 영상으로도 봤고, 그녀는 웬만한 연예인보다 유명하다.

한국에 발을 붙이고 사는 남자라면 모를 수가 없을 정도!

카이는 더 이상 고개를 끄덕이거나 흔드는 것만으로는 대화를 이어나갈 수 없다고 판단하고 천천히 입을 열었다.

"……나에 대해 아무것도 모를 텐데, 그렇게 무턱대고 영입 제안을 하는 겁니까?"

"알 필요 있나요?"

설은영은 당당한 태도를 드러냈다.

"미드 온라인에서 자신을 대변하는 건 오직 실력뿐이에요. 인성, 나이, 외모? 난 그런 거 신경 안 써요. 그저 당신이 솔플로 아오사를 처치했다는 사실이면 충분합니다."

과연 여왕님이라는 별명이 어울리게 광오하고, 당돌하다.

하지만 카이는 정중하게 고개를 흔들었다.

"제안은 고맙지만, 길드에 들어가고 싶은 마음은 없군요."

"……유하린도 그러더니, 당신도……."

뭔가를 중얼거린 설은영은 눈썹을 살짝 치켜들며 물었다.

"대체 이유가 뭐죠? 천화는 세계 10대 길드와 비교해도 밀리지 않아요."

태산이 높다 하되 하늘 아래 뫼인 것은 자연의 섭리다. 그리고 그녀의 자존심은 태산과 비교도 할 수 없을 만큼, 하늘보다도 높았다.

범우주적 높이의 자존심!

'이번이 두 번째야.'

유하린, 그리고 눈앞의 사내. 최고의 대우를 해주겠다는 자신의 제안을 두 번이나 뿌리친 사람들이다.

'대체 왜?'

빈말이 아니라 정말 세계 최고 대우를 해줄 수 있었다. 남들은 상상 못 할 연봉, 대우, 명성, 여차하면 자신의 전용기까지 내어줄 생각까지 있다.

진지하게 고민 중인 설은영에게, 카이는 간결한 답변을 내놓았다.

"천화나 세계 10대 길드 같은 경우는…… 소속되는 순간 게임이 게임처럼 느껴지지 않을 것 같으니까요."

"그건……."

설은영의 입술을 달싹거렸지만, 뒷말은 나오지 않았다.

'부를 원하면 부를, 명예를 원하면 명예를 줄 수 있어.'

하지만 그녀는 자유를 줄 수는 없다.

애초에 천화 길드는 그녀가 꽉 쥐고 있는 새장. 길드에 가입한다는 건, 그녀의 새장 속 새가 된다는 뜻이었으니까.

실제로 제법 덩치 있는 길드에 소속이 되면 그때부터는 개인이 게임을 즐기는 것보다, 길드의 이익을 위해 움직여야 하는 경우가 더 많았다.

'유하린이 내 제안을 거절한 것도 마찬가지 이유였을까?'

물론 설은영으로서는 절대 이해할 수 없는 영역이었다. 다만, 굳이 자신의 생각을 주입할 필요도 느끼지 못했다.

매달리는 건 그녀의 자존심이 허락지 않았으니까.

"……생각이 바뀌면 찾아오세요."

카이는 굳이 그러겠노라고 대답하지 않았다.

어차피 그럴 일은 일어나지 않을 테니까.

'어우. 갑자기 천화 길드라니, 깜짝 놀랐네.'

동시에 안도의 한숨이 절로 흘러나왔다.

'이거, 정말 아오사를 처치하는 게 5분만 늦었어도…….'

보상과 경험치를 일부분이나마 그들과 나눌 뻔했다. 등골을 오싹하게 하는 사실에 카이는 절레절레 고개를 흔들었다.

'그나저나, 이제 방해꾼은 사라졌으니…….'

히죽히죽.

새어 나오는 웃음을 감추지 못한 카이는 끝도 없이 펼쳐진 메시지 로그를 위로 쭈욱 올렸다.

[레벨이 올랐습니다.]

…….

카이는 102레벨 주제에 175레벨의 푸른 역병의 아오사와 200레벨의 해방된 아오사를 처치했다.

그 결과 상승한 레벨은 무려 21개!

"크으, 이거지!"

한번 발을 들여놓으면, 절대 솔플을 포기할 수 없는 이유!

'몬스터 하나 잡고 단번에 스탯이 105나 생겼다!'

물론 아오사를 고작 몬스터 하나로 치부하는 인간은 전 세계에서 카이 밖에 없을 테지만.

'일단 분배는 나중의 즐거움으로 미뤄두자고.'

분배를 상상하는 것만으로도 즐거운 기분이 든다.

'하지만 역시 보스를 잡으면 보상을 확인해야지.'

설은영 때문에 당황해서 확인하지 못한 아오사의 보상!

'그래도 최종 200레벨의 보스 몬스터인데, 거지 같은 아이템을

내뱉지는 않았겠지.'

기대감은 잔뜩 품은 카이는 조심스럽게 아오사를 터치했다. 백금색의 화려한 상자가 카이의 눈앞에 생성되었다.

"음…… 뭔가 허전한 기분인데……."

고개를 갸웃거리며 찜찜함을 느낀 카이는 우선 상자를 열었다. 안에 두 권의 책자와 정체불명의 재료들이 보였다.

'책이야 뭐, 당연히 스킬 북이겠지.'

남들은 보스를 잡고 스킬 북이 뜨면 환호성을 지르건만!

이제 프로 루팅러가 된 카이는 동네 만화방에 방문한 백수처럼 자연스럽게 책을 집어 들었다.

[스킬 북-포이즌 마스터]

등급 : 유니크

설명 : 독에 대해 해박한 지식이 생깁니다.

독에 대한 면역력이 매우 큰 폭으로 증가합니다.

사용 제한 : 없음.

"오, 독 저항이잖아? 괜찮네."

기본적으로 상태 이상에 저항할 수 있는 스탯이나 스킬은 매우 비싸게 거래된다. 게다가 카이의 경우에는 일전에 페르메를 잡고 스페셜 칭호인 여왕 살해자를 획득한 바 있다.

‘여왕 살해자 칭호에는 독 저항력 30이 붙어 있었지.’

거기에 포이즌 마스터까지 익힌다면, 이제 중독에 대한 걱정은 접어둬도 될 정도!

독의 무서움을 누구보다 잘 아는 카이였기에 이 사실은 더더욱 반가웠다.

‘나만 해도 페르메의 독을 이용해서 오크 로드를 쉽게 잡을 수 있었지. 꾸준히 들어오는 지속 대미지는 무서워.’

미드 온라인의 전투는 대부분 죽거나 죽이거나, 이지선다로 이루어져 있다.

그런데 여기서 중독이라는 짜증 나는 상태 이상이 더해지는 순간, 상대방은 ‘시간 내에’ 죽거나, 죽여야 하는 딜레마에 빠지게 된다. 시간제한은 초조함을 느끼게 하고, 초조함은 실수를 낳는다.

‘그게 독의 무서운 점이지.’

독 대미지가 아프지 않더라도, 일정하게 들어오는 독 대미지는 그 존재 자체가 스트레스다.

‘하지만 전 오늘부로 독 걱정은 고이 접어두겠습니다.’

경건하게 기도를 올린 카이는 그대로 스킬 북을 사용했다.

[‘포이즌 마스터’ 스킬을 획득합니다.]

마음 같아서는 지나가는 트레져헌터나 어쌔신을 붙잡고 중독시켜 달라고 부탁하고 싶은 기분!

크리스마스 선물을 받은 아이마냥 설레는 기분을 느끼던 카이의 시선은, 또 하나의 책자로 향했다.

'다음 스킬 북은…… 아오사의 능력과 관계있지 않을까?'

독을 내뿜는 페르메를 잡았을 때는 검은 과부의 독이라는 스킬 북이 나왔고, 마법 저항력이 높은 오크 주술사를 잡았을 때는 주문 저항의 피부라는 스킬 북이 나왔었다.

'그동안의 보스들로 미루어볼 때, 자신의 고유 특성이 가미된 스킬 북을 뱉을 확률이 높아.'

물론 포이즌 마스터 역시 독을 다루는 아오사와 연관이 없는 건 아니었다.

'하지만 아오사의 가장 큰 특징은 일반적인 독이 아닌 푸른 역병이야. 포이즌 마스터가 아오사의 고유 능력을 담아내고 있다고 보기는 힘들어.'

추리를 마친 카이는 긴장된 표정으로 책을 확인했다.

[스킬 북-푸른 역병]

등급 : 유니크

설명 : 푸른 역병의 힘을 다룰 수 있게 됩니다.

사용 제한 : 없음.

"역시! 예상이 맞았어."

두 주먹을 꽈악 움켜쥔 카이가 진한 미소를 띠었다.

미드 온라인이 이렇다. 유저는 다양한 경험을 하고, 그것을 토대로 예상이란 것을 할 수 있다.

'이번 경우엔 스킬 북이었지만, 이게 언제고 던전이 될 수도, 혹은 숨겨진 퀘스트가 될 수도 있지.'

유저에게 정말 모험을 하는 쾌감을 주는 대단한 게임!

잠시 책의 표지를 쳐다보던 카이는 고민에 빠졌다.

'이것도 바로 배워두는 게 좋겠지?'

제목을 보건대, 단일 기술보다는 광역 기술에 더욱 가까워 보이는 스킬이다.

그렇다면 광역 기술의 부재를 겪고 있는 자신에게는 한 줄기 빛과 같은 구원이 될 터.

고민을 길지 않았다.

['푸른 역병' 스킬을 획득합니다.]

"스킬 정보 확인, 푸른 역병."

[푸른 역병 LV. 1]

적을 처치할 때마다 푸른 역병의 기운을 획득합니다. 푸른 역병의 기운은 최대 100개까지 모을 수 있으며, 언제든지 사용할 수 있습니다.

소모한 기운의 개수에 따라 스킬의 범위와 위력, 지속 시간이 증가합니다.

재사용 대기시간 : 10초

숙련도 0/100

"으음. 이건 직접 써보지 않고 평가하기는 애매하네."

유니크 등급의 스킬이라는 것이 무색할 정도로 애매했다.

'적을 처치해서 기운을 모아야 사용할 수 있는 스킬?'

발동 조건이 있는 까다로운 스킬이었다. 등급을 보니 꽝은 아닐 듯싶지만, 대박이라는 평가를 내리기도 조심스러웠다.

'이건 나중에 시험해 보는 걸로 하고.'

남아 있는 것은 아오사가 남긴 정체불명의 재료들, 카이는 거대한 푸른색 젤리를 쿡쿡 찔렀다.

[아오사의 피부 조각×200]

등급 : 유니크

아오사의 피부 조각입니다.

'재료 아이템이라…… 얼마 전에 장비를 바꿨으니 당장은 필요 없겠어. 창고에 박아둘까?'

재료 주제에 등급이 유니크이니 뭘 만들어도 기대 이상의 아이템이 나올 것이다. 판매할지, 창고에 박아둘지를 고민하던 카이는 우선 재료를 인벤토리에 담았다.

'이런 고민은 나중에 해도 되니까. 그나저나…….'

상자를 확인하기 전부터 느껴지던, 어딘가 찜찜한 기분.

카이는 그 위화감이 무엇인지 뒤늦게 깨달았다.

"칭호 확인을 안 했어."

황급히 메시지 로그를 올린 카이는 자신이 원하던 문구를 찾아낼 수 있었다.

[……스페셜 칭호, '아오사를 처치한 자'를 획득합니다.]

"직관적인 이름이네."

촤라라라라락!

손 위로 두꺼운 칭호 도감이 펼쳐졌다. 능숙하게 빛나는 페이지를 펼치자, 기다리던 내용이 시야를 가득 채웠다.

[아오사를 처치한 자]

등급 : 스페셜

내용 : 푸른 역병의 아오사를 단신으로 처치한 유저에게 주는 칭호.

[효과]

모든 스탯 +15

뮬딘교단의 모든 적을 상대로 10%의 추가 대미지.

푸른 역병 스킬의 효과 10% 증폭.

"오?"

카이가 아리송한 탄성을 터뜨렸다.

모든 스탯 15 상승이나, 뮬딘교를 상대로 추가 피해를 주는 부분은 마음에 든다. 하지만 역시 가장 마음에 드는 건 푸른 역병의 스킬 효과가 증폭된다는 부분이었다.

'과연, 한 마디로 푸른 역병 스킬과 이 칭호가 일종의 세트구나.'

만약 아오사를 솔플로 처치하지 않았다면, 절대 얻을 수 없는 효과였다. 아오사를 처치한 자 칭호는 단신으로 녀석을 처치한 자에게만 주는 칭호였으니까.

'그렇다면 이런 식으로 숨겨진 세트 효과가 더 존재할 수도……'

이 게임은 플레이어가 어려운 과제를 클리어할수록 더 좋은 보상을 준다. 새로운 사실을 깨닫게 된 카이는 눈을 빛내며 마지막 보상을 들어 올렸다.

[불완전한 핵]

등급 : 유니크

한 때 아오사의 근원을 담당하던 핵입니다.

신성력을 부여하면 깨어납니다.

"핵이라……."

타르달은 아오사의 약점 중 하나가 핵이라고 했다.

'전투 중에 파괴하지 못했는데, 오히려 잘된 건가?'

파괴하지 않았기 때문인지, 보상으로 얻을 수가 있었다.

물론 무엇에 쓰는 물건인지는 아직 알 수 없었다.

'신성력을 부여하면 깨어난다라……'

카이는 망설이지 않고 오른손에 신성력을 끌어 올렸다.

"이걸로 핵을 만지면 되는 건…… 어?"

갑자기 몸에 힘이 확 빠지는 기분이 들었다.

'잠깐만, 혹시 아까부터 느껴지던 찜찜한 기분은 혹시……?'

칭호를 확인하지 않았기 때문이 아니라, 이것 때문이었나!

카이의 예상은 적중했다.

[하이어 웨이의 지속 시간이 끝났습니다.]

[10일 동안 극심한 탈력감에 시달립니다. 모든 스탯이 70% 감소합니다.]

[10일 동안 탈진 상태에 빠집니다. 모든 속도가 30% 느려집니다.]

'이, 이런 미친…….'

물론 부작용과 후유증이 있을 거라고는 생각했지만, 이 정도일 줄이야!

극심한 탈력감을 느낀 카이는 간신이 입술을 달싹였다.

"강화 소환……."

[강화 소환으로 이동 속도 버프를 획득합니다.]

바닥에 생성된 마법진 위로 소환된 블리자드가 고개를 갸웃거렸다.

카이는 힘없이 손을 내저으며 명령했다.

"블리자드, 진료소 위치 알지?"

끄덕끄덕.

"나 거기 좀 데려다줘. 몸에 힘이 하나도 없네."

두리번두리번.

블리자드가 주변을 둘러보며 무언가를 찾는 시늉을 했다.

이에 카이는 희미한 미소를 지어 보였다.

"복수는 해줬어."

반짝반짝!

존경의 눈빛을 드러낸 블리자드는 카이를 공주님처럼 번쩍 안아 들었다.

"아, 이 자세는 좀 부끄러운데."

"크르르륵."

블리자드는 주인이 자신의 복수를 해줘서 기쁜 것인지, 아니면 처음 보는 주인의 연약한 모습이 웃긴 것인지. 기분 좋은 웃음소리와 함께 카이를 안고 진료소로 향했다.

"죄송해요, 죄송해요! 제, 제가 잠귀가 어두운 편이라!"

"아니, 굳이 사과할 필요까지는 없어. 피로가 안 쌓이면 이상한 스케줄이었으니까."

아야나의 스케줄을 떠올린 카이가 고개를 끄덕였다.

낮에는 자신을 따라다니며 환자들을 치료했고, 밤에는 잠까지 줄여가며 포션을 만들었다.

웬만한 성인도 소화해 내기 힘든 살인적인 스케줄!

"그, 그래도오…… 제가 기도라도 드리고 있었어야…… 아무 도움도 못 드렸고…….”

“아, 말 안 했었나? 도움은 충분히 됐어.”

카이는 이제 빈 병이 되어버린 하이어 웨이를 흔들며 그녀의 머리를 쓰다듬었다.

“이거 효과 끝내주더라. 아, 그런데 후유증이 정말로 날 끝내 버릴 것 같아서 조금 무섭긴 해.”

“그, 그럼 진통제 만들어놓은 게 있는데 가져올게요! 후유증을 약간이지만 억누를 수 있을 거예요!”

“부탁할게.”

후다닥 방을 달려 나가는 아야나를 아빠 미소로 쳐다보던 카이는 돌연 한숨을 내쉬었다.

‘이제 아오사는 처치했으니 큰 산은 넘은 거야. 넘은 건데…….’

아야나의 부모님을 어떻게 구출해야 할지. 그에 대한 걱정이 팍팍 들기 시작했다.

‘물론 나라고 준비를 안 한 건 아니야.’

카이는 인벤토리의 마법 수정구를 쳐다봤다. 그 안에는 화이트홀 영주와 식사를 하며 나눴던 대화가 녹음되어 있었다.

‘이걸 타르달에게 보여주면 어떻게든 되지 않을까.’

하지만 그는 이미 정계에서 은퇴를 한 몸. 과연 그의 힘이 어디까지 먹힐지는 카이도 장담할 수가 없었다.

“후우, 머리 아프다…….”

부와 권력을 쥐고 있으면, 나쁜 짓을 해도 벌하기 힘들다. 현실과 다를 바 없는 상황에 카이의 입가로 씁쓸한 미소가 떠올랐다.

“현실 반영을 잘했다고 해야 할지…… 꿈도 희망도 없이 만들어놨다고 해야 할지.”

카이가 투덜거리고 있을 때, 정중한 노크 소리가 들렸다.

똑똑똑.

“흐으읍.”

진통제를 가지고 달려오던 아야나가 대번에 겁먹은 표정을 지으며 몸을 와들와들 떨었다.

“어, 어떻게 해요? 누가 왔어요!”

“문 열어 봐. 환자일 수도 있잖아.”

“화, 환자가 여길 왜 와요!”

“……그야 여긴 진료소니까?”

“아앗.”

카이는 까먹고 있었다는 표정을 짓는 아야나를 뒤로한 채 현관으로 걸어갔다.

‘나도 궁금하네. 이 시간에 대체 누구지?’

문을 활짝 열자 이른 아침의 싱그럽고 시원한 공기가 코를 통해 폐부로 밀려들어 왔다.

하지만 카이는 그 신선한 공기를 만끽하기보다, 눈앞의 상대부터 확인했다.

'……남자?'

고급스러운 옷감으로 만든 화려한 제복을 입고 있는 금발의 미청년이다.

'영주가 보낸 사람인가?'

의도를 파악하지 못한 카이가 머뭇거리자, 미청년이 사무적인 태도로 질문했다.

"지난 밤 아오사를 처치한 모험가, 카이가 맞나?"

"맞습니다만, 어떻게 아시고……?"

"그럼 내가 맞게 찾아온 것 같군."

만족스러운 표정으로 고개를 끄덕인 남자는, 청천벽력과도 같은 말을 태연스럽게 내뱉었다.

"국왕 폐하께서 자네를 보고 싶어 하신다. 지금 바로 왕실을 방문할 준비를 하도록."

카이는 멍한 표정으로 눈만 깜빡였다. 그의 머리는 현재의 상황을 이해하지 못했다.

'지금 저 남자가 무슨 말을 한 거지?'

지금 '국왕 폐하가 자신을 기다리고 있으니, 왕실을 방문할 준비를 하라.' 분명 그렇게 말을 했다.

'국왕, 국왕……. 라시온의…… 국왕?'

국왕이라는 단어를 입안에서 몇 번이나 굴린 뒤에야 천천히 현실이 눈에 들어온다. 동시에 안색이 딱딱하게 굳었다.

'지금 나더러 국왕을 만나러 가자고?'

그야말로 입이 쩍 벌어질 수밖에 없는 상황!

미드 온라인에는 세 개의 왕국과 두 개의 제국이 존재한다. 하지만 그 세력들의 주인을 만난 유저는 여태까지 단 한 명도 나오지 않았다.

한 마디로 이번에 카이가 라시온 국왕을 만난다면, 7억 명 중에 최초라는 뜻!

'당연히 기뻐, 기쁜데…….'

의문이 드는 것은 어쩔 수 없는 일이었다.

'왜 하필 나지?'

뮬딘 교가 만들어낸 희대의 악몽, 푸른 역병의 아오사.

놈을 쓰러뜨린 건 분명 칭송받아야 마땅할 위업이다.

하지만 그게 국왕에게 직접 치하를 받을 정도의 일이냐고 묻는다면, 머뭇거려지는 것도 사실이다.

'베이거스를 처치한 천화 길드조차 국왕의 부름을 받은 적은 없어.'

그런데 왜 자신일까?

카이가 고민에 잠겨 있자 금발의 미청년이 재촉했다.

"서둘러줬으면 좋겠군. 폐하께서는 기다림을 싫어하시는 성격인지라."

"아, 죄송합니다. 그럼 잠시만……."

진료소 내부로 들어간 카이는 곧장 블리자드를 소환했다.

"블리자드, 아야나 좀 지키고 있어. 아야나, 나는 잠깐 어디 좀 다녀와야 할 것 같은데……."

"저는 걱정 마세요. 블리랑 놀고 있으면 되니까요."

"그럼 부탁한다."

두 사람을 한 번씩 쳐다본 카이는 곧장 진료소를 나와 금발 청년의 뒤를 따랐다.

"왕실까지는 어떻게 가실 생각입니까? 보시다시피……."

고개를 돌린 카이는 폐허가 되어버린 시가지를 쳐다보며 머쓱한 표정을 지었다. 저 작품을 만들어낸 장본인이 이런 말을 하니 머쓱할 수밖에 없었다.

하지만 남자는 태연한 표정으로 품속에서 마법 스크롤을 꺼내 들었다.

"텔레포트 게이트가 망가졌다는 사실은 알고 있다. 올 때도 스크롤을 사용했으니 걱정 말도록."

"텔레포트 스크롤이군요."

"그렇다면 이제 뭘 해야 하는지도 알겠군."

"예, 실례하겠습니다."

살짝 고개를 숙인 카이는 그의 어깨 위에 손을 얹었다.

부우욱!

스크롤이 찢어지는 소리와 동시에 시야가 뒤바뀐다.

지역이 갑자기 바뀌었음에도 로딩 창 따위는 뜨지 않는 미드 온라인!

카이는 바뀐 풍경을 천천히 둘러보며 확인했다.

'라시온의 수도, 레이아크다.'

방문은 처음이었지만, 영상을 통해 몇 번 봤던 장소였다.

잘 포장된 도로와 그 양 옆으로 빽빽하게 들어서 있는 깔끔하고 정갈한 건물들. 거리를 돌아다니는 NPC들은 아이 어른 할 것 없이 근심 없는 표정을 짓고 있었다.

잠시 그 모습을 쳐다보던 카이는 사제복의 후드를 깊게 눌러썼다.

'왕궁 방문 사실이 다른 유저의 눈에 들어가면 곤란하지.'

아예 사제복을 푹 뒤집어쓰고 있으면 태양교의 NPC인 줄 알 것이다.

"늦겠군. 서두르지."

금발 청년은 빠른 보폭으로 왕궁으로 향했다. 그 때문에 카이는 왕궁의 모습을 살펴볼 틈도 없이 들어가야만 했다.

'심장이 왜 이렇게 떨리지.'

세차게 뛰는 심장을 억누르기 위해 무던히 애를 썼다.

아오사를 눈앞에 두고도 긴장하지 않던 자신이건만, NPC

를, 그것도 남자를 만나는데 이토록 긴장하다니!

"들어간다. 이제 모자를 벗도록."

짧은 말을 남긴 청년은 화려한 용이 새겨져 있는 황금의 문 앞에 섰다. 왕궁에서는 경박한 노크 따위가 울리는 일이 일어나지 않았다.

그들이 어디까지 왔는지도 모두 보고되고 있었는지, 문은 자동문처럼 열렸다.

'넓다.'

알현실은 일개 방으로 치부되지 못할 정도로 거대한 크기를 지닌 공간이었다.

문에서 벽까지의 거리는 대략 30미터. 그 끝에는 몇 칸의 계단이 있었는데, 그 위로 화려한 왕좌가 놓여 있었다.

"왔군."

왕좌의 주인이 입을 열었다.

그 목소리에 이끌린 카이의 고개가 위로 올라갔다.

'저자가 라시온 왕국의 국왕…….'

그는 왕이라는 인물에 걸맞게 짙은 눈썹, 단단해 보이는 턱, 굳게 닫힌 입술을 지니고 있었다. 매를 닮은 눈매는 상대가 방심하는 순간 물어뜯을 것처럼 날카로웠다.

띠링!

[유일무이한 업적! 플레이어 중 최초로 일국의 수장을 만나셨습니다.]

[스페셜 칭호, '왕의 방문자'를 획득합니다.]

처음 초대를 받았을 때부터 이미 예상한 결과였다.

카이는 즉시 한쪽 무릎을 꿇으며 공손하게 인사를 올렸다.

"모험가 카이가 라시온의 유일한 하늘이신 베오르크 폰 라시온 전하께 인사를 올립니다."

"형식적인 절차는 모두 건너뛰도록 하지. 내가 왜 자네를 불렀는지 아는가?"

베오르크는 생긴 것만큼이나 직설적인 성격이었다.

"아무래도 전날 밤 푸른 역병을 처치한 것 때문이 아닐지 생각하고 있습니다."

"정확하다. 듣기로는 자네가 아오사를 혼자서 처치했다고 하던데, 그게 사실인가?"

"하늘의 도움으로 아오사를 처치할 수 있었습니다."

"호오……."

베오르크는 살짝 감탄한 얼굴로 고개를 끄덕이며 카이를 치하했다.

"잘 해주었다. 푸른 역병이 퍼뜨린 전염병은 나의 백성들을 고통받게 하였지."

"부족하지만 태양교의 사제인 몸, 백성들의 아픔을 지나칠 수는 없었습니다."

미드 온라인에서 NPC를 상대하는 방법은 크게 어렵지 않았다. 바로 자신이 NPC를 위해 움직이고 있다는 부분을 열심히 어필하면 되는 것이다.

하지만 베오르크는 그리 만만한 인물이 아니었다.

"말은 잘하는군. 하지만 모험가들이 명예와 신의를 위해 움직이지 않는다는 사실 정도는 알고 있다."

동시에 떠오르는 메시지창.

[베오르크의 호감도가 감소합니다.]

"……?"

카이가 깜짝 놀란 표정을 드러냈다.

여태껏 'NPC를 위해 이렇게 열심히 움직였습니다'라는 말을 했을 때, 이렇게 냉소적인 반응을 보인 이는 단 한 명도 없었기 때문이다.

'아니, 타르달도 약간 비슷한 태도였지만…… 결코 이 정도는 아니었어.'

그러고 보니 타르달은 라시온 국왕의 스승이라고 들었다.

이것이야말로 진정한 청출어람이지 않은가!

'깐깐함이 타르달을 뛰어넘을 줄이야!'

카이가 당황한 표정을 감추지 못하자, 베오르크는 퉁명스러운 목소리로 못을 박았다.

"본인은 이득에 따라 자신의 태도를 손바닥 뒤집듯 바꾸는 모험가들을 싫어한다. 하지만 공과 사는 철저히 구분되어야 하는 법. 그대가 본인의 백성들을 구해주었으니 그에 상응하는 대가를 주겠다. 그러니 원하는 것이 있다면 말을 해보아라. 그대의 공을 생각하여 특별히 이루어줄 테니."

소원을 말해보라는 것도 아니고, 이루어준다고 하였다.

일국의 수장이 아니었다면 내뱉을 수 없는 광오한 발언!

"생각할 시간은 5분을 주겠다. 그 정도면 충분할 터, 여유롭게 생각하라."

"배려에 감사드립니다. 하지만 그 5분의 시간을 다른 용도로 사용해도 되겠습니까?"

카이의 뜬금없는 이야기는 베오르크의 눈살을 찌푸리게 만들었다. 그는 자신이 불쾌하다는 감정을 가감 없이 목소리에 담았다.

"무슨 뜻이지?"

"제가 원하는 것은 이미 정해져 있습니다. 하지만 그것을 바로 말씀드리면, 폐하께서는 제 생각과 마음을 의심하실 수도 있습니다. 그래서 폐하가 주신 5분으로, 폐하를 설득할 생각입니다."

"허, 나를 설득한다?"

베오르크가 입꼬리를 올리며 웃었다.

실상은 어이가 없어서 피식 웃음을 터뜨린 정도였지만, 카이는 그 사실조차 만족스러웠다.

'무거운 분위기보다는 훨씬 나아.'

무겁고 딱딱한 분위기에서는 될 일도 안 되는 법이다.

카이는 우선 베오르크의 마음을 뒤흔들 필요성을 느꼈다.

"좋다. 이미 그대에게 허락한 5분이다. 그 시간 동안 나를 설득하든, 보상에 대해 고민하든, 마음대로 하도록."

"감사드립니다. 그럼…… 폐하의 시간을 잠시만 빌리겠습니다."

인벤토리에서 마법 수정을 하나 꺼내든 카이는 지체없이 그것을 재생했다.

베오르크는 처음엔 관심도 없다는 듯 심드렁한 표정을 짓고 있었지만, 마법 수정에서 녹음된 음성이 흘러나오자 점점 표정이 굳어지고, 허리가 꼿꼿해졌다.

'그들은 세금도 적게 내는 빈민가의 주민들 아닌가. 죄다 더러운 몰골을 하고 다니니 병도 생기고 그러는 거니 씻고 다니라고 하게. 가만, 그런데 이것들이 제법 오랫동안 아픈 것 같은데 혹시 전염병은 아니겠지? 정말 전염병이라면 이것들을 싹

다 도시에서 내쫓아야 할 텐데……'

'……곧 겨울이 다가옵니다. 지금 쫓겨나면 저들은 대체 어디로 간단 말입니까?'

'그걸 왜 나에게 묻나? 세상에 태어났으면 몸 뉘일 자리 정도는 스스로 찾아야 하는 법일세.'

'자네의 계산에는 가장 중요한 것이 빠져 있네. 그것은 바로 내가 돈을 내고 싶은 마음이 없다는 것이지!'

마법 수정구에서 흘러나온 것은 돼지 영주와 저녁 식사에서 나눈 대화였다. 녹음된 음성은 5분을 훌쩍 넘겼지만, 베오르크는 녹음이 끝날 때까지 눈을 감고 경청했다.

"여기까지입니다."

녹음된 음성이 모두 끝나자, 카이는 침을 꿀꺽 삼키며 베오르크를 올려봤다.

'내 예상이 맞다면, 베오르크는 자신의 백성들을 끔찍하게 아끼는 인물이다.'

모험가들을 수도 없이 도륙한 베이거스가 잡혔을 때도 천화길드를 부르지 않았던 그가, 푸른 역병에 중독된 백성들을 구했다는 사실만으로 자신을 호출해 보상을 내리려 했다.

그 사실만으로도 베오르크의 성품이 올곧다는 것은 충분히 알 수 있었다.

'하긴, 그 깐깐하고 고지식한 타르달이 스승이었으니 아주 나쁜 사람은 아니겠지.'

그런 이에게 영지민을 길거리의 개돼지보다 못한 취급을 영주의 녹음을 들려준다면?

'내 예상이 맞으면…….'

그는 돼지 영주를 벌하는 데 힘을 실어줄 것이다.

카이는 마치 대학 발표 결과를 기다리는 고3처럼 타들어 가는 갈증을 꾸욱 참아냈다.

잠시 후, 베오르크의 감긴 눈이 천천히 열렸다.

그리고 그 눈을 본 순간, 카이는 확신했다.

'됐다!'

그의 눈에 담겨 있는 것은 지독한 분노와 불쾌함이었다.

그는 무서운 눈으로 카이를 내려다보며 물었다.

"라시온의 국왕, 베오르크 폰 라시온의 이름으로 묻겠다. 그 마법 수정구에 담겨 있는 내용은 한 치의 거짓도 없는 사실인가?"

"태양신의 이름을 걸고 맹세하겠습니다. 모두 사실입니다. 원하신다면 가져가셔서 검증하셔도 좋습니다."

"……."

베오르크의 두 눈이 카이를 직시했다.

그 눈빛을 받은 카이는 저도 모르게 몸을 움찔했다.

'이 기분…… 이미 한 번 느껴본 적이 있다!'

태양의 사제로 전직을 할 때와 마찬가지다.

알 수 없는 무언가가 자신의 몸을 관통하는 듯한 기분.

[베오르크가 절대자의 시선을 사용합니다.]

[베오르크가 당신의 말에 대한 진위 여부를 파악합니다.]

[베오르크는 당신의 말이 사실이라는 것을 깨달았습니다.]

"……그렇군. 모두 사실이군."

베오르크의 목소리는 분노와 흥분에 먹혀 요동치거나, 떨리지 않았다.

오히려 1+1이 2라는 사실을 말하는 사람처럼, 아주 담담하고, 고요했다.

고요한 분노.

베오르크는 카이를 쳐다보며 물었다.

"그래서, 그대의 소원은 무엇인가."

"화이트홀의 영주와 그의 동생의 부패는 도시를 좀먹고 있습니다. 부디 그들에게 정의의 철퇴를 내려 고통받는 영지민들을 구해주시옵소서."

"……."

가만히 카이를 내려다보던 베오르크가 천천히 손을 들어올렸다.

그러자 입구에서 대기하던 금발의 미청년이 순식간에 다가와 그 앞에 부복했다.

"준비를."

"명을 받들겠습니다."

금발의 청년은 고개를 꾸벅 숙이더니 다시 일어나 알현실을 빠져나갔다.

'……대체 뭐야, 방금 그 대화는?'

두 사람이 대체 무슨 대화를 나눴는지 알 수 없던 카이는 눈만 깜빡였다. 그런 카이를 가만히 내려다보던 베오르크가 천천히 입을 열었다.

"왜지?"

"……예?"

"나는 분명 자네의 소원을 말하라고 하였을 텐데? 왜 굳이 이런 선택을 한 거지?"

"이야기가 제법 길어질 수도 있습니다만."

"상관 없다."

베오르크의 허락이 떨어지자, 카이는 자신이 화이트홀을 처음 방문하던 순간부터의 이야기를 시작했다.

고통받는 화이트홀의 주민들, 부모님이 보고싶어 이불 속에서 울다 잠드는 소녀의 이야기였다.

"……별다른 이유는 없지만, 굳이 이유를 꼽으라면 아야나에게 부모님을 만나게 해주겠다고 약속했기 때문입니다."

"……."

모든 이야기를 듣게 된 베오르크가 다시 한번 카이를 직시했다.

[베오르크가 절대자의 시선을 사용합니다.]

[베오르크가 당신의 말에 대한 진위 여부를 파악합니다.]

[베오르크는 당신의 말이 사실이라는 것을 깨달았습니다.]

[베오르크가 다시 한번 의심합니다. 절대자의 시선을 재사용합니다.]

[베오르크는 다시 한번 당신의 말이 사실이라는 것을 깨달았습니다.]

"……."

베오르크는 혼란에 빠졌다. 그가 알기로 모험가들은 모두 제 잇속을 챙기느라 바쁜 이들뿐이었다.

자신의 이득을 위해 동료들을 배신하고, NPC에게 피해를 주는 백해무익한 존재들.

'하지만…… 이 모험가는 다르다는 말인가?'

타인을 위해 자신의 기회를 희생할 용기가 있다. 그것이 다른 모험가와 눈앞의 모험가, 카이의 차이점이었다.

한참을 고민하던 베오르크의 입술이 천천히 열렸다.

"……재미있군."

그가 웃었다. 아까처럼 카이를 비웃은 것이 아니다. 정말 즐거워서 띄운 미소였다.

'모험가 중에서도 이런 자가 있었는가.'

마치 진흙 속에 파묻힌 진주를 발견한 기분. 게다가 이자는 최근 스승님께서 관심 있게 지켜보는 모험가가 아닌가.

'정말 재미있군.'

카이가 자신도 모르는 사이, 든든한 배경을 얻는 순간이었다.

알현실을 나온 카이를 기다리는 인물이 있었다. 그를 이곳까지 데려온 금발의 미청년. 그는 제복 차림의 옷을 갑옷으로 바꾸고 옆구리에 투구를 끼고 있었다.

"생각해 보니 아직 성함도 모르네요."

"바체, 바체 댄 블랙이다."

"감사합니다. 그런데 바체 님, 그 차림은……?"

"폐하에게 듣지 못했나?"

바체의 질문에 카이가 고개를 갸웃거렸다.

"듣다니요……?"

"기사를 지원해 줄 테니 직접 화이트홀의 영주에게 심판을 내리라고 명하셨을 텐데?"

"예, 그야 그렇지만……."

말끝을 흐린 카이는 주변을 스윽 둘러보더니 황당한 표정을 지었다.

'지원해 준다는 기사가 하나뿐이라고? 화이트홀의 기사와 병사의 수가 그리 적지는 않은데…….'

화이트홀이 시골이라고 너무 무시하는 게 아닐까?

카이의 얼굴 위로 걱정이 떠올랐지만, 바체는 이를 무시하며 입을 열었다.

"출발하지."

"예에……."

올 때도 그랬지만, 갈 때도 마찬가지. 텔레포트 스크롤을 찢자 곧장 화이트홀의 시가지로 이동되었다.

"바체 님. 이제 어떻게 하실 생각이십니까?"

"이상한 걸 묻는군. 영주의 저택으로 가서 책임을 묻는다."

"……."

계획의 중요성을 전혀 모르는 듯한 태도!

카이는 식은땀을 흘리며 그를 설득했다.

"하지만 바체 님. 저희는 고작 두 명이고, 저쪽은 기사들만 수십 명일 겁니다. 아무리 대의가 이쪽에 있다지만 인원수에서 너무 불리……."

"재미있는 소리를 하는군."

바체는 카이를 빤히 쳐다보더니 말을 이었다.

"아오사를 혼자서 잡은 녀석이 인원의 중요성을 설파하는 것인가?"

"하지만 아오사와 기사들은 다르지 않습니까."

"뭐가 다르지?"

"그야…… 레벨부터 차이가 나죠? 실례지만 기사들의 레벨은 최소 100 이상이라고 알고 있습니다만."

아카데미를 갓 수료한 신병의 경우가 레벨 100 이상이다. 기사 생활을 하면 할수록 레벨은 더더욱 높아져 간다.

'화이트홀은 국경에 가까운 만큼 산이 많은 곳이야. 당연히 몬스터들의 침공도 잦았겠지.'

그 말은 일 년 열두 달 내내 사냥할 조건이 마련되어 있다는 뜻이다. 자연스럽게 영지 기사들의 레벨도 높을 것이다.

"요컨대…… 내 실력을 의심하고 있다는 소리로군."

바체의 서늘한 눈빛에 카이가 흠칫 몸을 떨었다.

"아, 아뇨. 딱히 그런 건 아니지만……."

"아니라면 잠자코 따라와라."

반론은 받아들이지 않겠다는 차가운 말투와 함께, 바체는 영주의 저택으로 향했다.

'그만큼 실력에 자신이 있다는 건가?'

불안한 심정을 감추지 못한 카이가 영주의 저택 앞에 도착했을 때, 병사 두 명이 그들을 제지했다.

"그쪽의 치료사님은 저번에 봐서 알겠는데…… 그쪽은 누구지?"

"장비만 보면 무슨 전쟁터로 향하는 사람 같군."

대번에 경계심을 피워 올리는 병사들, 그들을 향해 바체는 특유의 무미건조한 목소리로 말했다.

"안 비키면 다칠 것이다."

"……?"

병사들이 그의 말뜻을 헤아리기도 전에, 바체의 검집이 번개를 흩뿌렸다.

"어어어!"

"거, 검을 뽑았다!"

병사들은 번개처럼 휘둘러진 바체의 검을 보지도 못했다. 다만 그가 검을 검집에 넣는 장면을 보고, 검을 뽑았다고 유추할 뿐이었다.

"바, 바체 님, 다짜고짜 공격하시면 어떡합니까?"

"국왕 폐하께서는 대화를 나누라고 나를 보내지 않으셨다. 실력을 행사하라 하셨지."

짤막한 대꾸를 남긴 바체는 성큼성큼 앞으로 걸어 나갔다.

병사들은 창을 뻗어 그를 제지하고 싶었지만, 그의 서늘한 눈빛을 마주 보자 그럴 용기가 나지 않았다.

'우, 우리의 상대가 아니다.'

'창을 휘두르면 반드시 죽는다.'

바체는 꽁꽁 얼어버린 병사들을 지나쳐, 2미터 높이의 담벼락을 스윽 밀었다.

그러자 뒤로 넘어가는 담벼락.

이를 목격한 카이는 입을 쩌억 벌리며 소리 없는 비명을 내질렀다.

'설마 아까 검을 뽑았던 이유가?'

담벼락을 이렇게 두부처럼 깔끔하게 잘라낼 줄이야!

"무슨 일이냐!"

"정문 쪽에서 굉음이 울렸다!"

"집합하라!"

담벼락이 무너지는 소리에 기사들이 순식간에 정원으로 몰려들었다.

잠시 그들의 수를 헤아리던 바체가 중얼거렸다.

"서른둘."

"많네요."

카이가 한숨을 내쉬자, 멀리서 돼지 영주가 씩씩거리며 다가왔다.

"지금 이게 대체 무슨 짓……!"

"죄인, 피기니아 티번은 들어라."

바체의 근엄한 목소리가 피기니아의 말을 끊으며 정원을 쩌렁쩌렁하게 울렸다. 반드시 들어야만 할 것 같은 그 매혹적인 목소리에, 모두의 시선이 바체에게 향했다.

"베오르크 폰 라시온 폐하의 명이다. 지금 부로 피기니아 티번을 라시온의 남작 위에서 폐(廢)한다. 죄인과 그 가족 모두는 감옥에 수감 될 것이며, 여태 쌓아 올린 모든 부덕한 재산은 국고로 귀속시킨다."

"무, 무슨 말도 안 되는!"

돼지 영주가 새파랗게 질린 표정으로 소리쳤다.

"네, 네놈이 뭔데 그런 소리를 하는 것이냐!"

황급히 바체의 가슴팍을 쳐다본 돼지 영주는 그를 향해 삿대질했다.

"이 새끼, 국왕 폐하의 명을 받았다는 녀석이 가슴팍에 라시온의 인장도 없느냐? 뭣들 하느냐! 저 사기꾼을 내 앞에 무릎 꿇려라!"

바체의 선언에 기사들이 빠르게 정신을 차렸다. 실제로 바체의 가슴에는 아무런 인장도 없었기 때문이다.

"뭐야, 그럼 결국 폐하의 명이라는 것도……."

"모두 거짓이란 말이군."

"허언증 환자였군."

"입을 함부로 놀린 대가를 치르게 해야겠어."

기사들은 분노한 표정으로 검을 뽑았다.

자신을 향한 검격을 가만히 쳐다보던 바체가 카이를 향해 담담히 말했다.

"자네는 아까 나의 수준을 의심했었지?"

"제, 제가 그랬나요? 아니, 그것보다는 지금 날아오는 검들부터 걱정하셔야……."

카이가 어색한 미소를 띠며 앞을 가리키자, 바체가 고개를 정면으로 돌리며 말을 이었다.

"……폐하의 명이다. 나의 검을 똑똑히 보아라. 두 번 휘둘러지는 일은 없을 테니까."

바체의 손이 천천히 손잡이를 향했다.

마침내 그의 손이 손잡이를 덮은 순간, 검집에 봉인되어 있던 번개가 일대를 찢어발겼다.

"……어?"

휘둘러지는 검을 보고 아름답다는 생각이 들 정도로, 검의 궤적은 부드러웠다. 동시에 메시지가 떠올랐다.

[검술의 달인이 펼친 아득한 경지의 검술을 목격했습니다.]

[하지만 검술의 경지가 낮아, 그 검에 담긴 뜻과 묘리를 파악하지 못합니다. 하지만 검술에 대한 이해도가 한층 더 높아졌습니다.]

[여명의 검법 숙련도가 대폭 상승합니다.]

[여명의 검법이 중급 5레벨이 되었습니다.]

"어어……."

카이의 입에서 멍청한 소리가 흘러나왔다.

하지만 그걸 나무랄 만한 사람은 그 자리에 없었다.

"어, 어어어……."

오직 돼지 영주, 피기니아만이 카이와 같이 멍청한 소리를 흘리며 온몸을 덜덜 떨었다.

그는 일검에 자신의 모든 기사를 눕힌 바체를 괴물 보듯 바라봤다.

"네, 네놈은 대체 누, 누구냐?"

스릉.

검을 검집에 집어넣은 바체는 돼지 영주에게 천천히 걸어가며 말했다.

"바체 댄 블랙. 철혈 기사단장."

"저, 철혈 기사단의…… 단장? 히이이익!"

철혈과 수호.

라시온의 왕실 직속의 단 두 개뿐인 기사단!

바체는 그중 하나를 이끌고 있는 검술의 달인이었다.

머엉.

카이는 화이트홀의 영주와 그 식솔들이 줄줄이 연행되는 장면을 보며 입을 헤 벌렸다.

'그렇게 강력한 권력을 지니고 있던 돼지 영주가…… 진짜 돼지처럼 끌려가고 있어.'

어깨를 축 늘어뜨린 채, 패배자의 몰골을 하곤 뒤뚱뒤뚱 걸어간다.

카이는 그 모습을 보며 다시 한번 확신했다.

'역시 힘이 필요해.'

현재 그가 지닌 힘도 충분히 강력하다.

비록 레벨은 낮지만, 선행 스탯으로 쌓인 무지막지한 스탯과 온갖 스페셜 칭호들, 마지막으로 신화 등급의 직업으로 인해 가히 200레벨 유저들과도 자웅을 겨뤄볼 정도였다.

'하지만 부족해.'

카이는 멀리서 지시를 내리는 바체를 슬쩍 쳐다봤다.

만약 자신에게 바체처럼 모든 것을 무릎 꿇릴 수 있는 강대한 힘이 있다면?

'……더 많은 잘못을, 더 큰 부정을 바로 잡을 수 있어.'

목표가 세워졌다.

그 누구도 넘볼 수 없는 강함을 갖추자.

'그 힘으로 더 많은 사람들을 돕자.'

현실에서는 할 수 없는 일이다. 개인이 아무리 대단하다고 해도, 기업과 국가에 맞설 수는 없으니까.

'하지만 이건 게임이야.'

유저가 무엇을 추구하던 그것은 본인의 자유일 뿐이다.

'내가 바라는 건 그렇게 거창한 게 아니야.'

무슨 지상의 낙원 같은 걸 건설하겠다는 오만한 생각 따위는 없다. 그저 자신의 눈에 들어온 잘못된 부분들을 조금씩 고치고 싶다는 소박한 꿈이 전부.

"어, 엄마! 아빠!"

카이는 고개를 돌려 한 가정이 재회하는 모습을 눈에 담았다.

두 달 가까이 보지 못했던 제 엄마와 아빠의 품에 안겨, 펑펑 눈물을 흘리는 아야나의 모습, 그녀의 부모님도 제 딸을 끌어안으며 눈물을 주르륵 흘리고 있었다.

"우리 딸, 그동안 잘 지냈지?"

"밥도 꼬박꼬박 잘 챙겨 먹었고?"

"으, 응! 밥도 잘 먹고…… 공부도…… 흐윽, 열심히 하고…… 문단속도…… 제대로 했어요!"

"착하다. 엄마는 우리 딸이 너무 자랑스러워."

"고맙다. 혼자 무사히 잘 지내줘서 정말 고마워."

고작 열세 살짜리 딸아이를 혼자 버려둔 채, 감옥에 갇힌 부모의 심정은 어땠을까.

'미어졌겠지. 하루에 수십 번도 더 생각났을 거야.'

카이는 눈시울을 붉히며 코를 씰룩거렸다. 그때, 수갑에 묶인 채 연행되던 돼지 영주가 앞을 지나치며 이를 갈았다.

"네, 네놈! 승작이 어쩌고 하면서 듣기 좋은 소리를 할 때 알아챘어야 하거늘!"

"……이봐, 꿀꿀이. 아직도 정신을 못 차렸어?"

카이는 자신의 감동적인 기분을 순식간에 날려 버린 돼지 영주를 차갑게 노려봤다.

"생각이 있으면 주변을 둘러봐라."

"그게 무슨……."

돼지 영주는 주변을 둘러봤다.

그와 식솔들이 연행되자, 영지민들이 모두 거리로 나와 웃고 떠들며 서로를 껴안는다.

제 잇속만 챙기기 바쁜 악덕 영주가 부과한 막대한 세금과, 신경도 쓰지 않던 치안에 고통받던 주민들은 국왕의 이름을 연신 연호하며 이 상황을 기쁘게 받아들였다.

"뿌린 대로 거둔다라는 말이 있다. 평소 아랫사람이라고 해도 저들을 조금만 더 생각해 주고 배려해 줬다면, 저들 중 슬퍼하는 이가 한 명쯤은 있었을지도 모르지."

"이이익……."

카이는 딱히 반박할 말을 찾지 못하고 얼굴만 붉게 물들인 돼지 영주에게 다가가, 그의 귓가에 속삭였다.

"그리고 네가 준 1,000골드는 내가 잘 쓸게."

"뭐, 뭐? 그건 분명 치료비로 다 썼을 텐데…… 실제로 주민들의 병도 모두 치료가 되었……."

"23골드."

"……?"

"23골드 정도 썼다고. 주민들 치료하는 데."

카이가 어깨를 으쓱거리자, 돼지 영주가 입에 게거품을 물며 뒤로 쓰러지려고 했다.

"이, 이 도, 도둑놈의 새끼……!"

"아, 어디서 돼지가 꿀꿀거리네. 기사님, 연행해 주세요."

"놔, 놔라! 이것들아! 놔라!"

카이는 기사들에게 끌려가는 돼지 영주를 향해 손을 흔들며 작별을 고했다.

그 모습을 쳐다보던 주민들이 하나둘 카이에게 다가와 고개를 꾸벅 숙였다.

"치료사님, 감사드립니다."

"카이님이 아니었다면…… 저는 역병으로 죽었을 겁니다."

"아오사가 도시를 침공했던 날, 건물에 깔려 있던 절 구해주셔서 정말 감사합니다. 만약 카이 님이 아니었다면 저는……
지금 이 자리에 없었을 겁니다."

"아니, 뭐 다들 이렇게 감사의 말씀을……."

카이는 해일처럼 몰아치는 인파에 파묻혀 어쩔 줄을 몰라 했다.

'내, 내가 치료한 사람이 이렇게 많았던가?'

장장 2주가 넘는 시간 동안 치료를 했고, 아오사가 침공한 날 구한 NPC만 132명!

주민들에게 둘러싸여 당황하는 카이의 품으로, 갑자기 누군가가 달려와 안겼다.

"카이 님, 약속…… 지켜주셔서 정말 고마워요!"

"아, 아야나!"

잠시 놀란 표정을 짓던 카이는, 퉁퉁 부어오른 눈으로 활짝 웃는 그녀의 얼굴을 보고는 피식 웃으며 그녀의 등을 토닥거렸다.

짝, 짝짝. 짝짝.

주민들의 박수 세례가 이어졌다.

그것은 자신들을 구해준 영웅에게 보내는 답례이기도 했으며, 부패한 영주가 사라진 이 날을 기리는 그들만의 축하 의식이기도 했다.

띠링!

[고통을 받는 원인, 그 자체를 없애주는 것이야말로 선행의 궁극입니다. 당신은 강대한 권력을 무기로 수많은 주민을 괴롭히던 악덕 영주를 자리에서 끌어내렸습니다. 압도적인 권력에 굴하지 않고, 끝내 자신만의 정의를 관철한 당신은 성자라고 불릴 자격이 있습니다.]

[7,472명의 NPC가 당신에게 진심으로 감사의 마음을 보내고 있습니다.]

[스페셜 칭호, '화이트홀의 성자'를 획득합니다.]

[위대한 모험가가 부패한 영주를 몰아낸 이 이야기는 대륙에 널리 퍼질 것입니다.]

[태양교의 공헌도가 5,000 증가합니다.]

[태양교 세력의 전파속도가 25% 빨라집니다. 부패한 영주에게 고통받는 다른 영지의 주민들도, 태양신의 자비가 내려오기를 간절히 기도하게 될 것입니다.]

[선행 스탯이 15 상승합니다.]

'아, 역시 선행이 최고야…….'

마치 글렌데일의 주민들을 구했을 때와 비슷한 느낌이다.

다만 그때보다는 조금 더 스케일이 크다는 느낌.

흘가분한 기분을 느끼던 카이에게, 예상치 못한 메시지들이 떠올랐다.

[권선징악 효과가 발동합니다.]

[부패한 영주의 작위를 박탈시켰습니다.]

[박탈시킨 영주의 작위는 '남작'입니다.]

[선행 스탯이 25 상승합니다.]

"……어?"

40장
달빛과 함께 춤을

"……이게 뭐야?"

카이가 제 눈을 비비면서 중얼거리자, 그의 품에 안긴 아야나가 냉큼 대답했다.

"아야나예요."

"아니, 그건 아는데……."

카이의 시선이 다시 한번 시스템 로그로 향했다.

'화이트홀의 성자 칭호와 선행 스탯은 이해가 가.'

글렌데일에서도 페르메를 처치하고 주민들을 구했을 때 비슷한 상황을 겪은 적이 있다.

하지만 카이가 놀란 것은 그다음으로 떠오른 메시지였다.

'권선징악이라니? 이건 대체…….'

권선징악 효과로 상승한 선행 스탯만 무려 25개!

잠시 계산을 하던 카이는 입을 쩌억 벌렸다.

'그, 그럼 이번에 얻은 선행 스탯만 무려 40개라고?'

그는 허둥지둥 스탯 창을 열어보았다.

[카이]

[직업 : 태양의 사제]

[레벨 : 123]

[칭호 : 신의 대리자]

[생명력 : 33,700]

[신성력 : 40,100]

[능력치]

힘 : 457 / 체력 : 337

지능 : 278 / 민첩 : 252

신성 : 401 / 위엄 : 249

선행 : 158

남은 스탯 : 105

마법 방어력 +70%

모든 공격력 6% 증가

모든 속도 6% 증가

독 저항력 +30

"허어……."

정말이다.

정말 선행이 40이나 오른 것이 두 눈에 똑똑히 들어왔다.

'그런데 위엄은 왜 또 249야?'

기억이 온전하다면 아오사를 잡기 전에는 179였을 터.

'아오사를 처치한 자 칭호로 모든 스탯이 15개 올랐고, 선행 스탯으로 40개 올랐으니…….'

219가 되어야 정상!

하지만 30개가 더 오른 이 상황은 대체 무엇이란 말인가.

잠시 고민하던 카이는 짧은 탄성을 터뜨리며 칭호 도감을 펼쳤다.

[화이트홀의 성자]

[등급 : 스페셜]

[내용 : 투철한 정의감으로 도시의 주민들을 구원한 자에게 주는 칭호.]

[효과]

위엄 +30

신성력을 소모하는 모든 스킬의 효과 +15% 상승.

(이 효과는 칭호를 착용하지 않아도 적용됩니다.)

"역시. 이게 있었구나."

같은 성자 칭호라서 그런지 글렌데일의 성자와 매우 흡사했다.

'성자 칭호가 하나만 있으면 모르겠는데, 두 개나 모이니 이것도 무시 못 하겠는걸.'

스킬 효율 상승률 10%와 25%는 하늘과 땅 차이였다.

'신성 폭발의 스탯 상승량만 봐도 전과 비교가 안 돼.'

30에서 38이 되는 마법이 벌어지는 것이다.

'버프와 힐, 신성 사슬 같은 것까지 생각하면….'

그야말로 어마어마한 효과!

인파에 둘러싸여 있는 카이에게 바체가 다가왔다.

"그럼 난 이쯤에서 돌아가겠다."

"어? 벌써 가십니까?"

"맡은 바 임무는 끝났으니까."

무미건조한 표정으로 담담하게 말을 하는 바체.

카이는 폐허가 된 시가지를 둘러보며 물었다.

"그럼 이 도시는 이제 어떻게 되는 겁니까?"

"새로운 영주가 부임하겠지. 그리고 조만간 도시 재건 공사도 시작될 것이다."

"이번에는 좋은 영주가 왔으면 좋겠네요."

"폐하께서는 신중한 분이시니 염려하지 않아도 된다."

정말로 충성심이 대단한 자다.

카이는 잠시 바체를 쳐다보다가 꾸벅 고개를 숙였다.

"오늘 도와주셔서 감사해요. 아마 저 혼자였다면 영주를 이렇게 쉽게 몰아내지 못했을 겁니다."

겸손이 아니라 명백한 사실이었다. 현재 카이의 수준은 서른 명이 넘는 기사들을 상대하기에 벅차다. 탈진과 탈력감 디버프로 능력치가 바닥을 기는 지금은 더더욱 그랬다.

"폐하의 명을 따랐을 뿐, 감사는 그분에게 하도록."

"물론 그렇지만, 바체 님에게도 감사하죠. 아! 그리고 아까 보여주신 검. 제 수준이 낮아서 모두 이해하지는 못했지만 큰 공부가 되었습니다. 그 부분도 감사드립니다."

"……그것도 폐하의 명이었을 뿐."

앵무새처럼 같은 말만 내뱉는 폐하보이 바체. 그런 그에게도 주민들이 감사의 인사를 건넸다.

"감사해요, 잘생긴 기사님!"

"혼자서 화이트홀 기사들을 모두 때려눕히셨다면서요? 정말 감사합니다!"

"그놈들이 매번 저희 가게에 와서 돈도 안 내고 빵 가져갔거든요!"

"저랑 결혼해 주세요!"

"오빠아아!"

"무, 무슨…… 나, 나는……."

귀까지 붉게 물든 바체는 서른 명의 기사를 눈앞에 뒀을 때보다도 크게 당황했다.

곤혹스러워하는 모습에 카이는 옆으로 다가가 소리쳤다.

"죄송합니다만 잠시 길 좀 비켜주시겠어요? 이분이 이래 봬도 바쁘신 분이라서 돌아가셔야 합니다!"

"음? 하긴……."

"능력이 저렇게 출중하면 어딜 가서 뭘 해도 먹고 살긴 할 거야."

"게다가 기사님이잖아? 바쁘시겠지."

"그리고 사제님이 저렇게 부탁을 하기도 하고……."

술렁술렁.

절대 뚫리지 않을 것 같던 인파는 카이가 웃는 낯으로 부탁하자 거짓말처럼 갈라졌다.

마치 모세의 기적처럼 갈라진 인파를 빠져나와 골목길에 들어서자, 바체는 진심이 담긴 감사를 전했다.

"구해줘서 고맙다."

"……아니, 구해주다뇨? 다들 바체 님에게 감사의 마음을 품은 사람들뿐이잖아요."

"이런 건 아무래도 익숙치가 않아서……."

바체의 귀여운 일면을 본 카이가 웃으며 말했다.

"조금 의외네요. 바체 님처럼 강한 분이라면 약점 따위는 없다고 생각했는데."

"충고 하나 하지. 이 세상에 약점이 없는 사람이란 없다. 이 점을 항상 명심하도록."

"예에……. 이제 잊고 싶어도 못 잊을 것 같네요."

카이가 어깨를 으쓱거리며 웃자, 바체는 뻘쭘한 표정으로 텔레포트 스크롤을 꺼냈다.

그는 그것을 찢기 전, 카이를 한 차례 스윽 쳐다봤다.

"……훗날 본인의 실력에 자신이 붙으면 나를 찾아와라. 대련이라면 한 번 정도는 해주지."

"어? 정말요? 그럼 저야 영광이죠!"

"또 보지."

바체는 도망치듯이 텔레포트 스크롤을 찢어버렸다.

"……부끄러워하기는."

바늘 하나 들어갈 구석도 없어 보이던 바체였지만 칭찬과 감사 인사에는 약한 모양!

카이는 그가 사라진 자리를 보며 두 주먹을 꽉 쥐었다.

'검술의 달인과의 일대일 대련 기회는 대박이야.'

검사 유저라면 억만금을 주더라도 얻고 싶은 기회다.

'검술을 최소 고급 레벨 이상으로 올려서 가는 게 좋겠지.'

아는 만큼 보인다는 말이 있다. 수준과 능력에 따라 같은 상황에서도 얻을 수 있는 보상은 천차만별이다.

잠시 고민을 이어가던 카이가 미소를 지었다.

'그럼 일단 가장 먼저 해야 하는 건…….'

타아악!

최고의 영상 편집자 중 하나로 꼽히는 마이클 레이놀드. 오늘만 세 캔째인 레드불을 책상 위에 거칠게 내려놓았다.

"으으으…… 하나 끝났다……. 그런데 끝이 안 난다……. 일감이 줄어들지를 않아……."

눈 밑에 진한 다크서클을 그려놓은 그는 막 작업 하나를 끝내고 반쯤 정신이 나간 상태였다.

'죄다 똑같은 컨셉, 똑같은 영상, 똑같은 구도, 똑같은 BGM……. 이제 슬슬 고객을 가려서 받아야 하나?'

요즘 계속해서 그를 괴롭히는 회의감이었다.

프리랜서에게 일거리가 넘쳐난다는 건 좋은 일이다. 하지만 자신을 예술가라고 생각하는 마이클은, 단순 반복되는 작업에 심신이 지친 상태였다.

"아…… 모아놓은 돈 좀 쓰고 싶다……. 그런데 스케줄 펑크

내면 위약금 뱉어내야 해서 그럴 수가 없어……."

깊은 한숨을 내쉰 그는 미드 온라인 커뮤니티에 접속하여 동영상 카테고리를 살펴봤다.

'후우, 그래도 역시 내가 실력 하나는 끝내준다니까.'

랭킹 10위 이내의 인기 동영상 중에, 자신의 손을 거친 녀석들만 무려 다섯 개!

이내 흐뭇한 미소를 짓고 있는 마이클의 귀로 '삐로리!' 익숙한 메일 도착 알림음이 들렸다.

"윽……. 일이 또 쌓였어?"

인상을 찌푸린 그는 메일함을 클릭하면서 기도했다.

'제발 스팸 메일이길, 제발 스팸 메……'

안타깝게도 매우 건전한 일감 요청 메일이었다. 다만, 메일을 확인한 마이클의 표정에 점점 생기가 돋기 시작했다.

"와, 왔다!"

벌떡 일어난 마이클이 주먹을 꽉 쥐면서 환호했다.

'한동안 영상을 안 보내오길래 혹시 다른 놈한테 간 건 아닌가 했더니…… 그건 아니었군.'

그는 희희낙락한 표정으로 동영상을 즉시 받았다.

"어디 보자, 요청 사항은…… 쿡, 으하하하하!"

메일의 본문을 읽은 마이클은 순간, 빵 터졌다.

[As fast as you can, Awesome Please.

(최대한 빠르게, 끝내주는 걸로 부탁.)]

"크크큭, 장담하는데 언노운은 영어를 못해."

눈가에 고인 눈물을 닦아낸 마이클이 또렷한 눈동자로 모니터를 쳐다봤다.

"자, 그럼 어디 내 상상력을 갈아 넣어 볼까?"

최근 다른 영상들을 편집할 때는 느끼지 못한 설레임이 그의 심장을 두근거리게 만들었다.

마이클은 일류 셰프가 오늘은 어떤 요리를 할지 고민하듯, 언노운이 선물한 신선한 재료를 주의 깊게 살펴보기 시작했다.

물이 들어올 때 노를 저으렴. 두 번 저으렴.

부모님이 귀에 딱지가 앉을 때까지 해주셨던 말이었다.

"영상 요청은 이미 보내뒀고……."

할 일을 모두 끝낸 그는 곧장 미드 온라인의 공략 사이트를 구경했다.

커뮤니티는 아오사의 이야기로 뜨겁게 달아올라 있었다.

'내 이름도 언급되네? 하긴, 무리는 아니지.'

전투 당시에는 이미 블리자드에게 칠흑의 원한 세트를 물려 준 후였다. 그래서 블리자드와 아오사가 싸우는 장면을 찍은 스크린샷이 커뮤니티에 게재된 것이다.

당연한 말이지만, 커뮤니티에서는 또 싸움이 붙었다.

'이놈들은 밥 먹고 할 짓도 없나, 여기서 맨날 싸우고 있어, 맨날.'

피식 웃은 한정우는 댓글을 찬찬히 훑어보기 시작했다.

-언노운이 아오사를 해치웠다고? 지나가는 개도 안 믿을 소리하고 있네.

└나 지나가는 개인데 내가 믿음. 멍멍!

-그게 상식적으로 말이 돼? 언노운 레벨이 지금 몇일 것 같아? 잘해봐야 105 정도겠지.

-아니, 님들아. 이미 증거 스크린샷이 떴는데 왜 자꾸 개소리세요.

└증거가 어딨는데? 언노운이 아오사 잡고 시체 위에서 하나, 둘, 셋 치즈하고 사진이라도 찍었냐?

└아오사랑 언노운이 싸우는 스크린샷 있잖아.

└응, 다음 합성.

└너 근데 아까부터 말이 짧다? 너 레벨 몇이냐?

-그런데 현장에 있는 사람들 말 들어보면 언노운은 개처럼 얻어맞고

광탈했다는데?

ㄴ나도 그 소문 들었어. 무슨 용갑주 같은 거 입은 유저가 아오사 처치했다던데.

"흐음. 소문이 생각보다 구체적이잖아?"

한정우는 저도 모르게 고개를 끄덕였다.

하긴, 화이트홀은 프리카 같은 시골 마을도 아니고 NPC만 3만 명이 거주하는 대도시이다. 그 말은 당연히 퀘스트 숫자도 많고, 거점으로 삼은 유저도 많다는 소리다.

'그리고 내가 아오사 처치할 때 구경하던 유저도 제법 있었으니까.'

이 정도의 소문은 그로서도 나쁘지 않았다.

일종의 노이즈 마케팅인 셈이니까.

'이거, 의도하진 않았지만 상황이 재미있게 됐는데?'

자신과 자신의 소환수인 블리자드를 비교하면서 서로 싸우는 유저들을 보니, 기가 막혀서 말이 안 나올 지경!

한정우는 슬쩍 시계를 쳐다봤다.

"이제 게임에서도 아침이 밝았으니까…… 슬슬 여관에서 로그아웃했던 유저들도 일어나겠지."

그들은 목격할 것이다, 도시의 광장을 포함한 시가지가 하룻밤 만에 무너진 처참한 광경을.

그것을 보고 어떤 생각을 할지는 안 봐도 뻔했다.

"후후. 아마 궁금해서 미칠 거다."

과연 어떤 식으로 싸워야 일개 개인이 보스 몬스터를 레이드할 수 있는지. 그리고 도시를 그렇게 쑥대밭으로 만들면서 싸울 수 있는지.

이미 수많은 언노운의 팬들은 그가 영상을 공개하여 인증해 주기를 기다렸다.

'역시 노이즈 마케팅은 돈이 된다니까.'

커뮤니티의 후원금 목록을 확인한 한정우가 자조 섞인 미소를 흘렸다. 하루라도, 아니 한 시간이라도 빨리 영상을 올려달라고 후원금이 다발로 쏟아졌기 때문이다.

'아직 언노운이 잡았다고 확정 난 것도 아닌데, 이렇게 돈을 뿌려대는 사람이 있을 줄이야.'

그것도 한두 명이 아니다.

역시 세상은 넓고, 사람은 많고, 부자 사람도 많은 법!

'이 현상이 오래 유지될수록 나야 좋지.'

물론 너무 오래 끌면 역효과가 날 수도 있다. 한 마디로 밀고 당기는 과정의 조율을 정말 잘해야 한다.

"아무쪼록 빨리 만들어줬으면 좋겠네. 힘내라 마이클."

양손을 쭉 뻗어 기지개를 펴며 태평한 소리를 내뱉은 한정우는 곧장 침대로 직행했다. 아오사와의 전투에서 쌓인 피로도를 풀 사이도 없이, 국왕 베오르크를 만나고 돼지 영주까지 몰아내는 강행군의 연속이었다.

'난 쉴 자격이 있어. 으으음…….'

고로롱, 고로롱.

청담동의 어느 한 오피스텔. 세계인이 주목하기 시작한 플레이어는 그곳에서 곤히 잠들었다.

그로부터 일곱 시간 후, 지구 반대편에 위치한 영상 편집자 한 명이 필생의 역작을 완성시켰다.

책상에는 찌그러진 레드불 캔이 7개나 굴러다니고 있었다.

일반인이 그 현장을 본다면 혈관 속에 피가 아니라 카페인이 흐르는 것 아니냐고 물어도 할 말 없는 상황.

하지만 레드불의 힘으로 날개를 펼친 마이클은 바싹 마른 입술을 달싹였다.

"드디어…… 끝…… 났다."

장장 9시간.

언노운에게 메일을 받는 순간부터 다른 일감을 모두 미뤄놓고, 편집에 임했다.

그 이유는 단 하나.

'내가 그리고 싶은 그림을 마음대로 그릴 수 있는 도화지는 언노운의 영상뿐이니까.'

예술가의 심장을 지닌 마이클로서는 탐내지 않을 수 없었다.

'이 영상에 지금 나의 모든 것을 쏟아부었어.'

중학생 때부터 독학을 하면서 배운 지식들, 대학교에서 교수님들에게 빨아들인 지식들, 더불어 고객들의 영상을 편집해주면서 스스로 체득한 노하우까지…….

마이클 레이놀드가 지닌 영상 편집의 정수가 이 영상 하나에 고스란히 흘러 들어간 것이다.

그는 확신했다.

'나에 대한 평가가 다시 한번 폭등하겠군.'

자신과 다른 이들의 격차는, 이 영상을 기점으로 더욱 크게 벌어질 것이다.

하지만 마이클은 그 사실이 전혀 기쁘지 않았다.

"……그리고 언노운과의 합작은 이번이 끝일 것 같고."

이 방면의 프로인 마이클은 수많은 영상을 편집해왔다. 당연한 말이지만, 초보자 시절부터 영상을 만져주다가 랭커가 된 이들도 있었다.

'어느 길드에 들어가서 그쪽의 영상 편집자와 일하든, 아니면 방송국 차원에서 영상을 제작하고 방송을 하든. 둘 중 하나겠지.'

머리에 귤이라도 박아 넣지 않은 이상, 이 정도의 실력자가 솔플을 고집할 이유는 없다.

고작 두 번의 영상 편집이었지만, 마이클은 언노운의 영상 작업을 하며 엄청난 재미를 느꼈다.

"이제 다시 따분해지겠어."

씁쓸한 미소를 띤 그는 지금 당장 침대로 뛰어들고 싶었지만, 마지막 남은 임무를 위해 메일함을 열었다.

삐로리!

"으음……?"

귓가를 흔드는 소리에 꿈뻑꿈뻑 눈을 뜬 한정우는 흐르는 침을 닦으며 머리를 들었다. 여전히 피로가 풀리지 않은 머리를 억지로 들어 시계를 확인한 그의 얼굴이 구겨졌다.

'아직 7시간밖에 못 잤잖아?'

피로가 너무 많이 쌓인 탓에 10시간 이상 자려고 알람도 맞춰놓았다.

"그럼 방금 그 소리는……."

목이 잠긴 목소리로 의문을 내뱉은 한정우는 게으른 몸짓으로 스마트폰을 확인했다.

"아, 뭐야. 메일이잖아."

찌푸린 눈으로 스마트폰을 머리맡에 던지고 다시 눈을 감은 그는, 이내 다시 눈을 떴다.

"……메일?"

자신에게 이메일을 보낼 사람은 그리 많지 않다. 스팸 문자는 모두 차단 등록을 해놨기에, 알림음도 없다.

"설마."

의심스러운 말을 내뱉는 입과는 달리, 몸은 재빠르게 스마트폰을 다시 낚아챘다. 잠금 패턴을 풀어 메일함을 확인한 순간, 머리에 냉수라도 끼얹은 것처럼 정신이 번쩍 들었다.

"마이클? 이렇게 빨리?"

이불을 걷어낸 한정우는 메일을 확인했다.

'역시 액세스 코드도 함께 왔다.'

미드 온라인의 영상은 대부분 웬만한 영화보다 용량이 크다. 당연히 일반 메일에 첨부하는 건 불가능. 때문에 마이클은 이렇게 메일의 본문에 늘 액세스 코드를 첨부해놓았다.

이 코드를 마이클의 개인 홈페이지에 입력하면 그곳에서 영상을 다운로드할 수 있는 것이다.

[다운로드가 완료되었습니다.]

시스템 창을 확인한 카이는 곧장 영상을 재생했다.

인트로의 시작은 잔잔한 피아노 연주와 함께 블리자드가 등장하는 장면이었다.

마치 도시의 밤을 수호하는 영웅처럼 묘사된 그는 궁지에 몰린 유저들을 지그시 응시하더니, 그대로 건물 옥상에서 뛰어내렸다.

콰드드드득!

곡도로 아오사의 목덜미를 물어뜯음과 동시에 시작되는 전투!

'역시 게임을 하면서 직접 보는 것과 영상으로 만들어서 보는 것은 차원이 달라.'

생동감은 조금 떨어지지만, 속도와 영상미는 살아 있었다.

휘익, 휘익!

아오사의 촉수 공격을 현란한 몸놀림으로 피해내는 블리자드. 그 와중에 간간이 휘두르는 그의 곡도는 날카롭고 위험해 보였다.

하지만 단 한 번의 실수로 공격을 허용한 블리자드는 순식간에 수세에 몰렸다.

'노래가 바뀌었다. 영상도 조금 천천히 재생되고 있고, 화면도 점점 흑백으로 바뀌고 있어.'

그건 마치 블리자드의 죽음을 예고하는 듯했다.

그런 블리자드를 향해 날아오는 아오사의 마지막 일격. 블리자드는 이를 피하려고 했지만, 결국 피하지 못했다.

좌르르륵.

그 순간 날아드는 한 줄의 사슬.

동시에 음악이 암울하던 분위기에서 드럼을 베이스로 한 웅장한 스타일로 급변했다. 영상을 보는 이들에게 무언가 기대감을 주는, 심장을 빠르게 뛰게 하는 비트였다.

'여기서 내가 등장하는구나.'

등장 장면은 절대 밋밋하지 않았다.

발과 어깨, 팔과 허리, 그다음은 용을 닮은 투구.

온몸을 감싼 장비들을 하나하나 훑은 화면이 천천히 물러나며 전신이 드러났다.

비취색 전신 용갑의 날카롭고 늠름한 자태.

-너에게선…… 참을 수 없이 고약한 냄새가 나는군.

아오사가 분노를 터뜨리며 촉수 다발을 휘둘렀다. 하지만 그것들을 일검에 베어버렸다.

그리고 갑주가 푸른색으로 물들며 전투가 시작되었다.

'영상의 템포가 빨라졌어.'

덕분에 전투는 아주 박진감 있게 표현되었다.

달빛이 비춰주는 건물의 지붕과 지붕 사이를 뛰어다니며 검을 주고받는 둘.

그 승자는 단연 언노운이었다.

우르르르릉!

건물 하나를 통째로 무너뜨린 언노운은 추락하는 도중 아오사에게 치명적인 일격을 먹였다.

'이다음에 아오사가 변신을 하지.'

그때부터 시작되는 2페이즈.

이와 함께 영상에 깔린 노래는 한정우는 물론, 일반인조차 잘 아는 노래였다.

듣는 이로 하여금 '아! 이거!'라는 소리가 절로 나올 만한 노래, 바로 악성 베토벤의 '월광 소나타'였다.

콰아앙, 콰아아아앙!

압도적인 덩치를 자랑하는 아오사는 건물들을 밀어버리며 언노운의 뒤를 쫓았고, 언노운은 신성 사슬을 이용해 건물 여기저기를 옮겨 다니며 이를 아슬아슬하게 피해냈다.

'하이어 웨이를 먹는 장면은 알아서 편집을 해줬네.'

언노운을 영웅으로 만들기 위해 작정한 편집!

하지만 그 효과는 절대적이었다.

포션으로 도핑했다는 사실을 알고 있는 본인조차, 영상을 보고 입이 벌어질 정도였으니까.

"……저게 나라고? 내가 저랬어?"

허공을 메운 건물의 파편, 파편 속에서 길을 찾고, 없다면 사슬로 돌덩이를 끌어와서 스스로 길을 만든다.

그 말도 안 되는 일을 몇 번이고 자연스럽게 해내는 장면은 한정우로 하여금 몇 번이나 영상을 되돌려 보게 했다.

얼마나 몰입을 했는지, 깜짝 문구가 첨부된 엔딩 크레딧이 순식간에 올라왔다.

"……."

영상을 시청한 한정우는 턱을 문지르면서 고민했다.

'이건 아무리 봐도 무료로 공개할 퀄리티가 아닌데…….'

웬만한 길드의 레이드 영상과 비교해도 꿇리지 않는다. 돈을 받고 팔아도 날개 돋친 듯 팔려 나갈 것이 분명하다.

'하지만 돌려서 생각하자면…….'

한정우의 머리가 빠르게 돌아가기 시작했다. 이 영상을 무료로 공개해서 얻을 수 있는 막대한 이득이 속속들이 떠오른 것이다.

'이건 랭커들조차 긴장하게 만들 수 있는 무기야.'

어느 랭커도 아오사를 단신으로 해치울 수 있다고 장담하지 못하고, 언노운의 움직임을 따라할 자신이 없을 것이다.

그런 상황에서 자신이 영상을 무료로 공개해 버린다면?

'유료면 아무래도 보는 사람이 줄어들 수밖에 없지.'

하지만 무료로 공개하면 이야기는 달라진다.

'어쩌면 1억 뷰도 가능하지 않을까.'

미드 온라인 커뮤니티에는 조작을 방지하고자 동일 IP의 조회 수 중복이 적용되지 않았다. 그 때문에 1억 뷰가 넘는 동영상은 지금까지 전무 한 상황.

'조회 수 1억을 뽑을 만한 영상은 모두 유료니까 말이지.'

하지만 자신은 아직 돈이 궁하지는 않았다. 아직 통장에 몇억이 고스란히 잠들어 있었으니까.

'그렇다면 결국 지금 내가 노려야 하는 건 명예.'

당장 돈이 되지는 않는다. 하지만 영향력을 키워준다.

'유명해지면 똥을 싸도 박수를 받는다는 유머가 있지.'

마찬가지로 언노운의 이름이 널리 퍼지면, 그의 말 하나하나가 힘을 얻게 된다.

'만약 지금 내가 검은 별, 타이탄과 시비가 붙으면 압도적으로 불리해.'

거대 길드와 비교하면 레벨, 장비, 인원수도 부족하지만, 지금 가장 밀리는 건 영향력이다.

그들은 누구나 알고 있는 유명한 길드들. 무슨 말을 해도 대부분은 그것을 곧이곧대로 믿는다.

반면 인지도가 없는 사람의 말은 무시당하기 일쑤다.

'하지만 내 이름값이 좀 더 오르면…… 달라지겠지.'

거기까지 생각이 마친 한정우는 고개를 끄덕였다.

"좋아. 무료로 공개하자."

어차피 무료로 공개해도 수입이 없는 것은 아니다.

'지난 영상만 봐도 후원금이 어마어마하게 들어오니까.'

고민은 짧게, 행동은 빠르게.

한정우의 마우스가 바쁘게 움직이기 시작했다.

미드 온라인 커뮤니티. 혹자는 게임의 모든 정보가 교류되는 기회의 땅이라 부르기도 하고, 또 어떤 혹자는 그냥 병신들이 키배 뜨는 쓰레기통이라고 부르는 곳이다.

만약 누군가가 요 며칠 간 커뮤니티의 게시판을 둘러봤다면, 그 의견은 후자 쪽으로 실릴 것이다.

사람들은 정말 미친 듯이 싸워댔으니까.

-아니, 언노운 빠돌이, 빠순이 새끼들아. 아오사는 용갑주 유저가 잡았다니까? 우리 형이 직접 봤다니까.

ㄴ넌 그냥 그렇게 믿고 싶은 거겠지.

ㄴ너야말로 언노운이 잡았다고 믿고 싶은 거겠지.

ㄴ어휴, 노답.

ㄴ어휴, 개노답.

서로 키보드를 두드리며 상대방을 깎아내리고, 화기애애하게 서로의 전화번호를 주고받으면서 전화 통화를 한다.

최종적으로는 서로의 부모님 안부까지 여쭙게 되는 화목한 장소!

그 한심한 작태를 지켜보던 누군가가 말했다.

-어휴, 한심한 새끼들. 내가 이 전쟁을 끝내러 왔다.

ㄴ뭐래, 이 등신은.

ㄴ뭐래, 이 븅은.

ㄴ시끄러워 이 자식들아, 여기서 싸우지 말고 동영상 게시판이나 가보지그래?

ㄴ거긴 또 왜?

ㄴ언노운이 신작을 올렸거든.

그 뒤로는 답글이 달리지 않았다.

그뿐 아니라 게시판에서 열심히 싸우던 모든 이들이 자취를 감추었다.

물론 그들이 모두 어디로 갔는지는 안 봐도 뻔했다.

언노운이 새롭게 올린 동영상의 조회 수가 폭주하기 시작했으니까.

미드 온라인 커뮤니티의 동영상 게시판에는 아주 좋은 시스템이 있다.

-언노운이 드디어 아오사 사태에 대한 입장을 표명한 건가?

-글쎄, 제목을 보니 그냥 신작인 듯?

-이 시점에서 신작이라…… 배포가 좋다고 해야 할지, 멍청하다고 해야 할지…….

-일단 보면 알겠지. 다들 집중하자고.

바로 채팅 시스템이다. 동영상을 보면서 의견을 실시간으로 나눌 수 있는 아주 좋은 시스템.

하지만 안타깝게도 오늘은 그 좋은 시스템의 부정적인 영향이 부각되었다.

-으하하하! 용갑주 어쩌고 하던 놈들 전부 버로우 탔죠?

-언노운이네?

-언노운이야!

-이, 이럴 리가 없는데? 내가 분명 우리 형한테 들었어! 용갑주 녀석이 아오사 잡았다는 거 똑똑히 들었다고!

-어이, 확실하지 않으면 키보드 함부로 두드리지 말라고 안 배웠냐?

망치 가져와!

바로 동영상의 채팅창에서 키보드 배틀이 재개되었으니까.
물론 이해가 안 되는 건 아니었다. 여태껏 언노운이 아오사를 잡았다고 주장한 이들은 대놓고 무시를 당해왔으니까.

-크으, 우리 언노운님, 등장도 멋있어!
-이번에도 마이클 레이놀드 작품이야? 얘도 진짜 감탄밖에 안 나온다.
-저번 영상에서는 편집과 연출 모두 마이클이 전담했다고 했으니, 이번에도 마찬가지일 듯.

인트로의 시작과 동시에 깔리는 잔잔한 피아노, 칠흑의 원한을 장비한 채 어두운 도시에서 모습을 드러낸 언노운.
이어서 강렬한 폰트의 제목이 화면의 중앙을 메꿨다.

-Dance with the moonlight. 영상에 어울리는 제목이군.
-인트로 분위기 미쳤네.
-이걸 보고 확신했다. 영화 산업의 미래는 어두워.

영화 산업의 미래까지 걱정되는, 압도적인 분위기!
언노운의 팬들은 그가 이번에는 또 어떤 놀라운 모습을 보여줄지 기대했다. 하지만 그로부터 5분이 지나자, 채팅창의 분위기가 반전되었다.

-ㅋㅋㅋㅋㅋㅋㅋㅋㅋㅋㅋㅋㅋㅋㅋㅋㅋㅋㅋㅋㅋㅋㅋㅋㅋ

-여보세요? 거기 911이죠? 여기 보스 몬스터한테 얻어맞고 실신한 유저가 있어서요. 엠뷸런스 좀 보내주세요.

-역시는 역시 역시군. 루키에 불과한 언노운이 아오사를 잡는다는 것부터 말이 안 됐지.

-언노운 흑역사 박제 완료.

-소크라테스가 이 영상을 보고 말합니다. 네 자신을 알라.

-언노운 찬양하던 애들 전부 어디 갔냐?

언노운을 향해 이어지는 비난과 조롱!

팬들은 화가 머리끝까지 치솟았지만, 반박할 말은 없었다.

그들의 영웅은 이미 아오사에게 패배했다.

무슨 말을 더 하겠는가?

물론 적절한 의문을 가지는 이들이 없는 건 아니었다.

-그런데 뭔가 좀 석연치 않은데? 언노운이 왜 자기가 얻어맞는 영상을 올렸을까? 이거 혹시…….

-또또, 시나리오 쓰고 있네. 초반에 잠깐 등장했으니 올린 거겠지.

-아니야. 저 용갑주가 쓰는 검, 언노운이 오크 로드 잡을 때 쓰던 거랑 똑같다니까?

-친구야. 어디서 타는 냄새 안 나냐? 네 행복 회로에서 나는 것 같은데.

하지만 그러한 의견 충돌도 잠시. 서로 물어뜯던 시청자들은 시간이 흐를수록 모든 걸 잊고 점점 영상에 빠져들었다.

그만큼 전투는 호쾌했으니까.

언뜻 투박해 보이는 장면조차 맛깔나게 잘 살린 건 마이클의 솜씨가 십분 발휘된 결과였다.

-잘 싸우긴 잘 싸우네…….

-흥. 언노운 님보다는 아니지만 제법 하네요.

-눈 괜찮냐? 누가 봐도 언노운이랑 비교도 할 수 없을 만큼 잘 싸우는데.

-무슨 칼 휘두르는 모습조차 섹시하냐. 내 심장아 제발 나대지 마.

언노운 팬들조차 믿음(?)이 약간 흔들릴 정도!

그만큼 달빛 아래에서 한데 어우러진 아오사와 용갑주의 전투 장면은 아름다웠다.

-역시 월광 1악장은 언제 들어도 최고야.

-사람의 마음을 흔드는 마성이 담긴 곡이지.

-영상의 분위기와도 딱 들어맞아. 도시를 지키기 위한 남자의 쓸쓸한 마음을 대변해 주는 듯해.

훌륭한 전투와 어우러진 희대의 명곡!

무엇보다 언노운의 신작은 신선했다. 이 부분이 시청자들의 입맛을 단번에 사로잡은 킬링 파트였다.

-살다살다 도시에서 레이드하는 영상을 보게 될 줄은 몰랐군.

-이런 이벤트 자체가 쉽게 일어나지는 않으니까 말이지.

-아마 누가 이 영상을 따라 한답시고 도시에서 싸우면 바로 치안대에 잡혀갈걸?

이전에 접하지 못한 신선함!

그것은 언노운의 첫 번째 동영상에서부터 전통처럼 이어진, 그의 아이덴티티 그 자체였다.

하지만 아오사의 체력이 20% 이하로 떨어졌을 때, 사람들은 슬슬 지루함을 느꼈다.

-흐음. 확실히 재미있고 신선하긴 한데…….

-계속 칼질만 하다 보니 조금 지루하네.

-설마 남은 15분 동안에도 계속 칼질만 하는 건가?

-그게 사실이라면 굉장히 실망스러울 거야.

그러나 마이클은 영상 편집의 프로다, 그중에서도 천재라고 불리우는 프로.

당연히 시청자들이 어느 지점에서 지루함을 느낄지, 빠삭하게 꿰고 있었다.

우르르르르릉!

전투가 벌어지던 건물이 예고 없이 무너졌다.

그 와중에도 아오사에게 치명타를 날리는 용갑주!

-저 상황에서도 공격을 넣는다고?

-보기엔 쉽지만 진짜 어려운 거야. 내가 저번에 힐탄 산맥 절벽에서 발 헛디뎌서 추락한 적이 있는데, 아찔해서 눈만 꼭 감게 되더라고.

-담력이나 배짱은 후천적으로 키우는 데 한계가 있어. 그냥 타고나야지.

다음 순간 아오사의 덩치가 거대해지며, 2페이즈가 시작되었다. 동시에 고요하게 흐르던 월광의 1악장이 끝나고, 2악장을 건너뛴 채 3악장이 재생되었다.

콰아아앙, 콰아앙, 콰드드드득!

아오사의 맹렬한 추격을 아슬아슬하게 피해내는 용갑주의 신위(神威)!

그리고 마침내 그가 시계탑의 파편을 밟고 허공을 거닐며 아오사의 맹격을 회피하는 장면에서는, 채팅창의 글을 읽는 것이 불가능할 지경에 이르렀다.

-지져스! 제대로 미쳤군! 저게 사람이야?

-진지하게 사람 아닌 것 같은데? 슈퍼 A.I 기반의…… 거 뭐냐, 옛날의 알파고 같은 거 아니야?

-일단 팬티부터 좀 갈아입고 와야겠다.

-원래 언노운이 올린 영상 볼 때는 팬티 다섯 장 미리 준비해 두는 게 예의입니다.

…….

눈 깜빡할 때마다 수백 줄이 넘게 올라가는 위엄 넘치는 채팅창!

물론 일반인들이 찬양 일색의 글만을 쏟아낼 때, 게임 좀 본다는 고수들은 토론을 시작했다.

-신성 사슬? 저건 레어 등급 스킬인데.

-레어 등급이지만 물량이 없어서 웬만한 유니크 스킬 북 가격 뺨을

서너 대 후려치지.

-저걸 사용한다는 건 일단 성기사 클래스 확정이라는 소리야. 설마 사제일 리는 없으니까.

나름의 침착함을 유지한 채 용갑주 유저에 대해 철저히 파헤치는 사람들. 그러나 그 가면이 깨지는 데까지는 오랜 시간이 걸리지 않았다.

-워, 원기 회복의 샘을 저렇게 사용한다고?

-저 상황에서 저런 방법을 떠올리다니…… 대체 어떻게 된 위기대처 능력이야?

-상대방의 압도적인 덩치를 역이용한 거야. 천잰데?

고수들마저 깜짝 놀라게 만드는 기발한 전투 방법!

하지만 그것이 전부가 아니었다.

다음 순간 그들의 숨을 멎게 만드는 기술이 영상을 통해 세상에 공개되었으니까.

-내 눈이 잘못된 게 아니라면, 저건 아무리 봐도 더블 캐스팅인데?

-어? 정말이잖아? 너무 자연스럽게 사용해서 몰라봤어.

-마법사도 아니고 성기사가 더블 캐스팅을 쓴다고? 재능 낭비 미쳤네;;

-제가 전사라서 잘 몰라서 그러는데, 원래 더블 캐스팅을 저렇게 움직이면서도 쓸 수 있는 겁니까? 사실이라면 이건 개발사에서 너프해야 하는 거 아닌가요?

-너프요? 저게 둘 다 되는 사람은 전 세계를 통틀어도 100명이 채 안 될 겁니다.

-100명이나 된다고? 평가가 너무 후하네. 한 30명 수준 아닌가.

성기사가 더블 캐스팅을 사용하는 것만으로도 충격적!

하지만 그는 한술 더 떠서 그걸 움직이면서 사용하는 무빙 캐스팅마저 보여줬다.

말 그대로 탑 클래스의 마법사들이나 보여줄 법한 기술들의 향연이 영상의 대미를 장식했다.

-구아아아아아악!

아오사가 쓰러지자, 채팅창은 박수치는 이모티콘으로 도배되었다.

-40분도 안 되는 영상인데 보고 나니까 진이 다 빠지는 기분. 얼마나 집중한 거지?

-난 아직 부족해. 2회차 보러 간다.

-와이프 몰래 챙겨놓은 비자금으로 후원금 넣어야겠어.

-지져스, Take my money! 이런 영상 만들어줘서 정말 고맙다.

-비록 언노운의 출연은 5분 밖에 안 되지만(웃음).

끝까지 조롱당하는 언노운!

하지만 영상이 끝나고 수많은 시청자들이 ESC 버튼을 누르려는 찰나, 마이클 레이놀드가 영상 말미에 박아놓은 깜짝 문구가 공개되었다.

레벨이 올라서 그런지 언노운님 장비가 바뀌었더군요. 항상 좋은 영상 주셔서 감사합니다.

당연한 말이지만, 그에 대한 파급력은 엄청났다.

마치 산타 할아버지가 자신의 아빠라는 사실을 알았을 때와 같은 충격의 쇼크(Shock)!

잠시 얼었던 채팅창이 천천히 제 기능을 되찾기 시작했다.

-어…… 그러니까 저 용갑주가 언노운이었다고? 영상 초반의 그 샌드백이 아니라?

-지금 이해가 안 되는데…… 아무튼 용갑주, 아니, 언노운이 아오사를 잡은 게 맞다는 거지?

-그렇지. 그럼 내기하던 사람들은 어떻게 되는 거야?

-둘 다 이긴 것 아니야? 언노운이 아오사를 잡은 것도 맞고, 용갑주가 아오사를 잡은 것도 맞으니까.

-애초에 두 사람이 하나였다면, 싸울 이유가 없었다는 뜻이잖아?

-그럼 쟤네들은 대체 왜 싸운 거야?

싸움의 이유를 잃어버린 수많은 유저들이 단체 공황에 빠졌을 때, 중립적인 입장을 지키던 사람 하나가 말했다.

-병신들이 키배 뜨는 데 이유가 있냐?

묵직한 팩트였다.

"……."

설은영의 예쁜 얼굴은 근래 찌푸려지는 일이 잦았다. 심지어 오늘은 그 앵두 같은 입술에서 깊은 한숨이 흘러나왔다.

"하아, 설마 그때 그 남자가 언노운이었을 줄이야."

길드 아지트의 집무실 의자에 앉은 그녀는 멍한 눈빛으로 천장을 바라보았다.

'그가 이렇게까지 빠르게 성장할 줄은 몰랐어. 대체 어떻게 그게 가능한 거지?'

처음 그의 영상을 본 건 오크 로드 레이드 영상이었다. 보이드가 영입하자며 보여줬었고, 자신은 딱 잘라서 거절했다.

'한계가 있을 거라고, 반짝 스타라고 생각했지. 그랬는데…….'

그는 자신을 비웃기라도 하듯 예상을 뒤집어버렸다.

홀로 아오사 레이드를 성사시킨 그의 몸값은 이제 함부로 재단할 수도 없다.

'말 그대로 일류 스포츠 스타들의 연봉이 오갈 정도의 인물이 되어버렸어.'

기회를 놓친 그녀가 착잡한 심정을 감추지 못했을 때, 그녀의 집무실 문이 활짝 열렸다.

들어온 것은 다름 아닌 보이드.

"으흐흐흐."

"재수 없는 놈. 저리 안 꺼져?"

설은영의 차가운 독설에도 불구하고, 보이드는 바보처럼 실실 웃으며 그녀에게 다가왔다.

"우리 아가씨, 표정을 보아하니 영상 보셨나 보네?"

"……."

"그렇게 인상 찌푸리면 현실에서도 주름지지 않아요? 기껏

비싼 관리 받는데 아깝게시리."

"지금 나랑 싸우자는 거야?"

"에헤이. 제 말 안 듣다가 후회하시면서 또 그러신다."

완전한 승리자의 미소를 지은 보이드는 집무실의 소파에 편안하게 앉으며 물었다.

"이제 어쩌실 거예요?"

"……."

무엇을 묻는지는 안 봐도 뻔했다. 언노운을 어떻게 해야 할지 묻는 것이다.

부글부글 끓어오르는 속내를 감춘 설은영은 천천히 입을 열었다.

"……영입해."

짝!

보이드가 기다렸다는 듯이 손뼉을 치더니 말했다.

"아시겠지만, 쉽지 않을 거예요."

"업계 최고의 대우를 보장……."

자신있게 입을 연 그녀의 말끝이 점점 흐려졌다.

생각해 보니 그에게 업계 영입 제안을 건넨 게 불과 몇 시간 전이었다. 결과는 아주 대차게 까였었고.

"딱 봐도 아시겠죠? 돈으로는 그놈 못 데려와요."

"그럼? 어떻게 해야 그를 데려올 수 있지?"

"일단 친해져야죠. 원래 사내놈이란 예? 크으, 의리! 바로 의리에 죽고 살고 한단 말입니다. 마음이 따르면 몸도 따라온다, 이 말이죠."

보이드는 자신만만한 표정으로 가슴을 두드렸다.

"아시겠지만 제가 친화력 하나는 끝내주잖아요?"

"아아, 가끔씩 죽여 버리고 싶을 정도로 얄미워지는 그 친화력 말하는 거지?"

"하하하, 농담도 참."

"농담 아냐."

"……."

그녀의 차가운 표정에서 진심을 읽어낸 보이드는 헛기침을 하며 슬그머니 소파에서 일어났다.

"아, 아무튼 언노운을 데려올 방법을 생각해 볼게요."

"……최선을 다해줘."

"명 받들겠습니다."

집무실을 나가는 보이드를 쳐다보던 설은영은 그의 말을 떠올렸다.

'일단 친해져야 한다고?'

설은영은 잠시 그 방법에 대해 고민하더니, 곧장 언노운의 후원금 계좌로 3천만 원을 보냈다.

"이걸로 조금은 친해졌어."

그녀는 마음이 약간 편안해지는 것을 느꼈다.

사람을 다스리는 건 몰라도, 사귀는 데에는 서툰 설은영이었다.

41장
아오사가 남긴 것

동영상 게시판 최단 기간 랭킹 1위 등극.

동영상 게시판 최단 기간 조회 수, 천만 돌파.

동영상 게시판 최단 기간 추천 수, 백만 돌파.

커뮤니티 역대 최단 기간 누적 후원금 1억 원 돌파!

이 엄청난 업적을 이뤄낸 장본인은 놀라운 화합의 장을 보며 배를 벅벅 긁고 있었다.

"4관왕이라…… 나 좀 대단하네."

놀라운 화합의 장이란 커뮤니티 게시판을 지칭했다.

'이 녀석들, 불과 몇 시간 전까지만 해도 부모님 안부 물으며 싸우던 녀석들 맞아?'

싸울 이유가 없어지자 분쟁도 거짓말처럼 사라졌다.

그 자리를 메운 것은 자신에 대한 칭찬과 찬양!

물론 그에 대한 부끄러움은 오롯이 자신의 몫이었다.

'뭐, 일단은 게시판에서 안 싸우니 좋네. 그리고 후원금도 잘 들어오고 있고…….'

한정우가 진심으로 놀란 건, 한 번에 3천만 원이라는 거금을 투척한 사람이 있다는 것이었다.

"날 진심으로 응원하는 열성 팬인가 봐."

대가를 바라지 않는 마음씨 착한 누군가의 응원이리라.

그 사실에 가슴 한편이 따뜻해지는 것을 느낀 한정우는 컴퓨터를 껐다.

'동영상 세 개를 업로드하고 누적 후원금 1억 원 돌파라. 나쁘지 않네.'

나쁘기는커녕 대박 중에서도 초대박. 남들은 영상을 서른 개, 삼백 개를 올려도 천만 원조차 벌기 어려웠으니까.

심지어 언노운의 세 번째 영상은 업로드된 지 아직 하루도 채 지나지 않았다. 시간이 흐를수록 조회 수는 높아질 테고, 그러면 자연스레 들어오는 돈도 많아질 것이다.

'이제 몇 년 동안 돈 걱정은 안 해도 되겠어.'

통장과 적금 통장에 쌓이는 돈들이 지금 이 순간에도 열심히 그의 노후를 대비해 주고 있다.

그 사실에 마음이 놓인 한정우는 곧장 캡슐 안으로 미끄러지듯 들어갔다.

"역시 여기가 마음이 편해."

스읍, 하!

현대 사회에서는 맡을 수 없는 청량한 공기를 한껏 들이켠 카이는 주변을 둘러봤다. 거리의 이곳저곳에서는 뚝뚝땅땅 거리며 소규모의 공사가 한창 진행 중이었다.

'바체가 말하던 도시 재건 이벤트가 시작되었나 보네.'

주변을 구경하는 카이를 향해 NPC들 몇 명이 다가왔다.

"아니, 성자님! 피곤하실 텐데 여기서 뭐하고 계십니까?"

"혹시 성자님도 도시 재건 소식을 듣고 오신 건가요?"

"아뇨, 그런 건 아니지만…… 모험가들은 많이 모였나요?"

"그럭저럭 입니다. 이놈의 텔레포트 게이트부터 고쳐져야죠, 모험가들이 도착하는 속도가 너무 느려요."

"그래도 어디서 오는지 꾸역꾸역 오기는 하네요."

"텔레포트 게이트인가요."

그들의 말에 주위를 살피던 카이는 고개를 끄덕였다.

'확실히 평소보다 유저의 숫자는 많아 보여.'

로그아웃할 때보다 훨씬 활기를 띠고 있는 거리!

삼삼오오 모인 유저들은 끊임없이 서로 의견을 나누고, 정보를 공유했다.

"오오, 그 부분이 이해가 안 되었는데, 그렇게 되는 거군."

"저기에 시계탑을 세워 달라는 요청이 있었으니 그쪽 부지는 꼭 확보해 놔야겠어."

"우리가 시안을 짜봤자 소용없어. 승인이 떨어져야 시공을 시작하지. 새로운 영주는 대체 언제 부임하는 거야?"

"아니, 이 사람아. 거기는 대형 석조 건축물이 들어갈 공간이 안 된다니까 그러네? 주변 건물들은 생각 안 해?"

"거, 이왕 하는 거 그 주변 건물들도 싹 다 새로 올리는 게 낫다니까?"

"너 이 자식, 바른대로 말해. 거기 부동산에 투자해놓은 거 있지?"

장인들 말고도 다양한 직종의 모험가들이 눈에 들어왔다. 도시 재건 이벤트에 대한 소식을 듣고, 사람들이 몰릴 것을 예상한 이들이 대부분이었다.

먹을거리를 만드는 요리사나 내구도가 닳은 장비들을 수리해 주는 대장장이가 대표적인 예!

"먹는 즉시 활력이 돋는 양꼬치 팔아요! 순한 맛, 매운 맛, 핵불닭 맛 팝니다!"

"날밤새서 공사할 수 있게 날개를 달아드립니다. 수제 제작한 빨간불 드링크 팔아요!"

"장비 가리지 않고 수리합니다. 내구도 10당 1실버요!"

폐허가 된 도시를 되살리기 위해 전국 각지에서 모여든 모험가들!

심지어 이벤트의 본격적인 시작은 며칠이나 남아 있었다.

'그전에 텔레포트 게이트가 복구되면 화이트홀은 금세 부흥하겠지. 타르달에게 퀘스트 결과를 보고하면서 귀띔이나 해봐야겠어.'

생기 넘치는 도시의 분위기가 마음에 든 카이는 미소를 지으며 스마일 진료소로 향했다.

"어서오세…… 카이 님!"

밝은 안색으로 카이를 반갑게 맞이하는 아야나.

입구가 소란스러워지자 그녀의 부모님도 나타났다. 그들은 반가운 표정으로 카이를 환영했다.

"딸아이가 그토록 존경한다고 말하던 성자님이시군요. 정말 감사합니다."

"인사가 늦어서 죄송해요. 아까는 정신이 없어서……."

"아니에요, 오랜만에 만난 가족이잖아요. 하하하."

"듣던 대로 친절하고 배려 깊으신 분이군요."

"입구에서 이러지 마시고 안쪽으로 들어오세요."

진료소 내부로 들어온 카이는 새삼스러운 눈빛으로 곳곳을 훑었다.

'……이래서 집에 어른이 있는 것과 없는 것의 차이가 있다

는 거구나.'

코를 찌르던 고약한 냄새는 더 이상 느낄 수 없었다. 그뿐만 아니라, 창문을 활짝 열어놓은 진료소는 햇빛을 받아 무척이나 밝아 보였다.

'마땅히 있어야 할 자리에, 마땅히 있어야 할 사람이 있는 것. 그것만으로도 분위기는 이렇게나 바뀌는구나.'

역시 아이에게는 부모의 사랑과 손길이 필요하다.

카이는 저도 모르게 아야나를 스윽스윽 쓰다듬었다.

"……?"

고개를 갸웃거리며 연신 물음표를 띄우는 아야나와 함께 자리에 앉자, 그녀의 어머니가 향기 좋은 차를 내왔다.

"아야나가 저희 가족에 대해서 모두 말했다고 들었어요."

"아, 혹시 기분 나쁘셨다면 죄송합니다. 도와주기 위해선 정보를 알아둬야 할 것 같았거든요."

"어머, 절대 기분이 나쁘다거나 그런 건 아니에요. 어찌 은인에게 그런 감정을 갖겠어요."

과연 엘프라는 말이 절로 나올 정도로 아름다운 미소가 그녀의 입가에 걸렸다.

그녀는 곧장 주먹만 한 가죽 주머니 하나를 내밀었다.

"감사하는 마음은 흘러넘치지만, 제가 당장 드릴 수 있는 건 이 찻잎 정도밖에 없어서요."

"이런, 혹시 오해하셨다면 죄송합니다. 저는 보상을 받기 위해 찾아온 게 아니에요."

카이가 화들짝 놀라며 손사래를 치자, 아야나의 아버지가 사람 좋게 웃으며 입을 열었다.

"받아주십시오. 그리고 이건 제가 만든 약들입니다. 제가 평생 만든 약 중 세 손가락 안에 들어가는 것들이니 부디 요긴하게 사용해 주셨으면 좋겠습니다."

"아니 이런 걸, 다……."

카이가 난처한 표정을 짓자, 아야나가 소매를 흔들었다.

"괜찮으니까 받으세요. 그리고 이 차는 정말 맛있어요. 엘프의 숲에서도 귀중하게 거래되는 찻잎이래요."

"저기, 이렇게 귀중한 걸 제가 받아도 됩니까?"

"아무리 귀중해도 가족보다 소중하지는 않으니까요."

"맞습니다. 성자님께서는 제 인생에서 가장 소중한 것을 선물해 주셨잖습니까."

제 아내와 딸아이의 손을 각각 한 손에 쥔 남편은 눈을 지그시 감았다.

"사실 감옥에 갇혔을 때는 별생각이 다 들더군요. 대부분은 제가 옳은 선택을 했는지에 대한 의문이었습니다. 과연 내가 옳은 일을 한 걸까, 이렇게 될 줄 알았다면 자존심이고 뭐고 영주의 사업 제안을 받아들이는 게 좋지 않았을까, 그랬다면 우리 가족은 여전히 함께 생활하고 밥을 먹으며 웃을 수 있었을 텐데…… 라는 후회 말입니다."

씁쓸하게 웃는 그를 향해 아내와 딸이 위로를 건넸다.

"당신만 그런 생각을 한 게 아니에요. 저도 비약 제조법을 넘겼으면 이런 일은 없었을 거라고 후회했는걸요."

"나, 나도 내가 평소에 더 공부를 열심히 했다면 엄마 아빠를 구할 수 있지 않았을까, 하고 매일 밤 생각했어요."

서로를 사랑스러운 눈빛으로 쳐다보는 세 사람.

카이는 그들에게서 타인이 함부로 끼어들 수 없는 깊은 유대감을 느낄 수 있었다.

'그래. 이들은 가족이니까.'

억만금의 재화, 천상의 보물이라 해도 가족보다 소중하지는 않을 것이다.

하지만 아야나의 부모님은 환자의 목숨을 책임지는 약제사. 그들은 가족과 직업윤리 사이에 놓여 고통스러운 선택을 강요받아야만 했다.

'애초에 그 상황 자체가 잘못된 거지.'

카이는 씁쓸한 미소를 짓는 아야나의 부모님에게 말했다.

"두 분의 선택은 옳았고, 약제사로서 한 치의 부끄러움도 없는 훌륭한 선택이셨습니다. 모든 것은 이기적이고 욕심에 눈이 먼 영주의 잘못입니다. 앞으로는 두 사람의 자랑스러웠던 선택에 후회하는 일 없이, 지금처럼만 지내주십시오."

카이는 다시 아야나의 머리를 쓰다듬으며 말을 이었다.

"두 분을 뵌 건 오늘이 처음이었지만, 아야나를 보고 꼭 한 번쯤 뵙고 싶었습니다. 얼마나 올곧은 부모여야 아이가 이렇게 순수하고, 올바르게 자랄 수 있는지 궁금했거든요."

"어머."

자고로 부모를 감동시키는 최고의 방법은 자녀를 칭찬하는 것!

확실히 과거의 선택을 후회하는 그들에게 아야나를 칭찬해 주자, 표정이 한결 편안해졌다.

"그렇군요……. 결국 아이는 부모를 보고 배우니까요."

"하긴, 저희가 영주의 제안을 받아들였어도 이전처럼 화기애애하고 밝게 웃을 수 있었을지도 미지수입니다. 제 딸에게 떳떳한 아버지가 될 수 없다는 사실이 끔찍하기도 하군요."

마음의 짐을 덜어낸 그들은 후련한 표정으로 카이에게 고개를 숙였다.

"끝까지 이런 가르침을 주시다니, 다시 한번 감사의 인사를 드립니다."

"정말 감사해요. 엘프는 쉽게 친구를 만들지 않지만, 성자님이라면 친구가 되어도 좋아요."

"자꾸 부끄럽게 왜들 이러세요."

카이는 괜스레 부끄러운 마음에 차를 홀짝였다.

[엘프의 허브티를 마셨습니다.]

[정신이 맑아집니다.]

[엘프와의 친화력이 상승합니다.]

[정령과의 친화력이 상승합니다.]

'오. 확실히.'

입안을 감싸는 상쾌한 느낌에 기분이 좋아진 카이는 입을 열었다.

"저, 그런데 이 찻잎이 엘프의 숲에서 나온 것이라고요?"

"네, 제가 그곳 출신이거든요."

확실히 엘프이니 엘프의 숲 출신이어도 이상할 건 없다.

잠시 고민하던 카이는 그녀에게 자신의 상황을 설명했다.

"태양의 사제와 사도? 확실히 들어본 적은 있어요. 그전에…… 잠시 실례 좀 할게요. 제 눈을 좀 봐주시겠어요?"

"눈이요?"

카이는 의문을 표하면서도 그녀의 눈을 똑바로 마주했다.

잠시 후, 그녀는 살짝 놀란 표정으로 탄성을 터뜨렸다.

"어머, 사실이시네요. 성자님이 정말 태양신 헬릭님의 후인이셨군요."

"……그걸 눈만 봐도 알 수 있는 겁니까?"

"모르고 계셨나요? 엘프들은 상대방의 눈을 보면 거짓을 간파할 수 있어요. 저희는 진실의 눈이라 부른답니다. 여담이지만 현재 카이 님의 진실력은 굉장히 높으시네요."

"지, 진실력……."

여고생들 사이에서나 쓰일 법한 큐트한 단어!

해프닝이 있었지만, 카이는 정신을 차리고 입을 열었다.

"그럼 제가 무엇이 궁금한지 짐작 하시리라 믿습니다."

"물론이에요."

싱긋 웃은 그녀는 한 치의 망설임 없이 말을 꺼냈다.

"알려드릴게요. 엘프의 숲, 그곳으로 가는 길을."

[지도가 갱신됩니다.]

'좋아.'

카이는 지도에 엘프의 마을이 등록된 것을 확인했다.

'이걸로 인어들에 이어 엘프까지…… 그럼 이제 남은 건 드워프들의 도시뿐인가?'

하지만 카이의 여유로운 표정이 마음에 걸렸던 것일까, 아야나의 어머니가 입을 열었다.

"카이 님, 한 가지 충고를 드리자면…… 숲의 파수꾼들을 조심하세요."

"그게 무슨 뜻입니까?"

"일반적인 경우라면 그들은 외부인, 특히 인간에게는 절대로 마을을 공개하지 않아요. 심지어 길을 알고 있어도 찾아가는 게 쉽지 않을 정도지요."

길을 알고 있는데도 찾아가는 것이 쉽지 않다?

카이는 고개를 갸웃거리며 그녀의 의중을 헤아렸다.

'대체 무슨 말이지? 물론 엘프의 숲이 넓은 것으로 유명하긴 하지만…….'

엘프의 숲은 넓다. 정말 넓다.

더군다나 200레벨 이상의 몬스터 서식 지역이기에, 웬만한 랭커들도 사냥을 꺼린다.

'하지만 그건 말 그대로 웬만한 랭커들.'

전세계적으로 10,000위까지를 랭커라고 지칭하지만 랭커라고 다 같은 랭커는 아니다.

9천 위와 500위, 100위가 같을 수는 없으니까.

'일명 천상계라고 불리는 랭커들은 최근 엘프의 숲을 무대로 활동하고 있어.'

하루도 빠지지 않고 랭커들의 소식과 동영상 게시판을 뒤져보는 자만이 유추해낼 수 있는 사실이었다.

'하지만 아직 엘프를 봤다는 사람은 나오지 않았지.'

그래서 카이는 엘프들의 숲에서도, 정확히 그들의 마을로 향하는 지도가 필요했던 것이다.

"길을 알아도 갈 수 없다니, 그게 무슨 뜻입니까?"

"엘프들은 숲의 감시자 혹은 숲의 파수꾼이라고 불리죠. 혹시 그 이유를 아시나요?"

"모르겠습니다."

"마을로 접근하는 모든 존재를 감시하기 때문이에요."

"감시만하는 겁니까?"

"평소에는 감시만 하죠. 그러다가 마을로 접근하면 죽이고요."

카이는 이해가 되지 않는다는 표정으로 되물었다.

"엘프들은 그…… 보통 평화를 사랑하는 이미지가 있지 않습니까?"

"맞아요. 하지만 사람들은 그 평화가 오직 엘프들을 위한 평화라는 부분을 간과하더군요."

"……."

진심으로 따지고 싶었다, 평화를 사칭한 배타주의라고.

"……한마디로 지도가 있어도 소용이 없다는 뜻이군요. 마을로 접근하면 죽으니까요."

"아, 물론 다짜고짜 접근하면 공격하겠죠. 하지만 다짜고짜 접근하지 않으면 되잖아요?"

"그게 무슨…… 아!"

생글생글 웃는 그녀의 얼굴을 바라보던 카이가 탄성을 내질렀다.

"침입자가 아닌 손님으로 생각하도록 해야겠군요?"

"정답이에요. 파수꾼들에게 숲을 방문한 목적을 확실히 알리세요. 카이 님의 진심이 전해진다면, 그들은 기꺼이 자신들의 마을을 공개할 거예요."

"감사합니다."

인사를 건네는 카이의 표정은 더없이 밝았다.

만약 그녀의 충고 없이 엘프의 마을로 향했다면 영문도 모른 채 죽었을 테니까.

"별말씀을요. 카이 님이 저희 가족에게 해주신 것에 비하면 초라할 뿐이에요."

"아니요. 저에겐 정말 큰 도움이 됐습니다."

이후로 몇 시간이 더 대화를 나눈 그들은 자연스럽게 현관문으로 이동했다.

"카이 님…… 아, 안 가시면 안 돼요?"

마중 나온 아야나가 시무룩한 표정으로 그를 올려다봤다. 눈물이 그렁그렁한 두 눈을 마주하자 마음이 약해졌다.

'아, 안 돼.'

나약해지는 마음을 억지로 부여잡은 그는 아야나의 머리를 쓰다듬으며 말했다.

"자주 놀러 올 테니까 공부 열심히 하고 있어."

물론 자주 올 것이다. 스마일 진료소만큼 훌륭한 포션을 제작하는 곳은 드무니까.

"후에엥."

울음을 터뜨리는 아야나. 카이는 한참이나 그녀를 달랜 후에야 그들 가족과 작별할 수 있었다.

"……이렇게 또 한 건 끝났네."

그도 아야나와의 이별이 섭섭하지 않은 건 아니었다.

하지만 그렇다고 이곳에 정착할 수도 없는 일.

마음을 강하게 먹은 그는 지도를 펼치며 앞으로의 계획을 다듬었다.

'우선 타르달에게 임무 완수 보고를 하기 위해서는 아쿠에리아로 돌아가야 하는데…….'

문제는 화이트홀의 텔레포트 게이트가 망가졌다는 것이다. 그렇다면 주변 다른 영지의 게이트를 이용해야 한다.

'마차를 구해야겠어.'

옛날의 카이였다면 두 다리로 열심히 걸어갔겠지만 지갑이 풍족해진 지금은 그럴 필요성을 느끼지 못했다.

'무엇보다 지금 나에겐 돈보다 시간이 더 소중하니까.'

곧장 성문 근처로 향한 카이는 손님을 기다리는 택시, 아니, 마차들을 찾을 수 있었다.

물론 그중에서 어느 것을 고를지 고민할 필요가 없었다.

'친근한 형제 활성화.'

스킬을 사용하자 곧장 카이에게 관심을 드러내는 마부들이 눈에 들어왔다.

그 말은 즉 그들이 태양교의 신자라는 뜻!

카이는 가장 날쌔 보이는 말이 이끄는 마차로 다가갔다.

"가장 가까운 마을까지 가는데 얼맙니까?"

"1골드 5실버인데…… 인상이 좋으시니 깔끔하게 1골드로 해드리겠습니다."

"감사합니다. 여기요."

마부와의 거래를 마치고 마차에 탑승한 카이는 곧장 스킬을 비활성화 상태로 바꾸었다.

내부는 생각보다 편안했다. 마차가 달그락거리며 출발하자, 카이는 여유롭게 자신의 상태를 확인했다.

'어디 보자, 탈진이랑 탈력감 디버프가 아직도 9일이나 남았네. 당분간 사냥은 무리겠어.'

오히려 요양이 필요할 정도였다.

'지금 이 상태라면 100레벨의 몬스터를 잡는 것도 벅찰 테니까. 뭐, 당분간 휴가라고 생각하는 게 편하겠지.'

짧은 휴가 뒤에 도사리는 것은 언제 끝날지 모르는 지옥의 레이스!

마음을 다잡은 카이는 문득 머리를 스치는 생각에 입을 벌렸다.

"아, 그러고 보니……."

탈진 상태에 빠지기 전, 자신이 무엇을 하는 중이었는지 떠올린 카이는 인벤토리를 열었다.

[불완전한 핵]

등급 : 유니크

한때 아오사의 근원을 담당하던 핵입니다.

신성력을 부여하면 깨어납니다.

'아직도 이게 뭔지는 모르겠지만, 일단 유니크 등급이란 말이지……'

아오사가 드랍한 모든 아이템과 재료는 유니크 등급이었다.

'그리고 그중에 꽝은 단 하나도 없었어.'

그 사실이 카이의 심장을 두근거리게 만들었다. 잔뜩 기대에 찬 카이는 핵을 제 무릎 위에 올려놓고, 한 손으로 신성력을 내뿜었다.

"자아, 그럼 어디 한번 보자고. 무엇에 쓰는 물건인지."

카이의 손끝이 핵과 마주하는 순간, 메시지창이 떠올랐다.

띠링!

[불완전한 핵이 신성력에 반응합니다.]

꿀렁꿀렁!

핵은 수은과도 비슷한 액체를 흘려내기 시작했다.

흘러나온 액체는 순식간에 핵을 감싸 안았다.

'아니, 수은보다는 조금 더 고체에 가까운……이라기보다, 이거 그냥 아오사랑 똑같잖아?'

카이는 어이없다는 표정으로 무릎 위의 물건을 쳐다보았다. 아오사와의 차이점이라면 푸른색이 은색으로 바뀌었다는 것과 크기가 수십 배는 작아졌다는 것?

잠시 그것을 보던 카이가 화들짝 놀랐다.

꿈틀!

"아, 깜짝이야!"

그것이 움직였기 때문이다.

알을 깨고 세상에 처음 나온 아기 새가 눈곱 낀 눈으로 세상을 두리번거리듯, 말로 형용할 수 없는 그것은 천천히 꿈틀거리며 제 몸을 움직였다.

카이는 조심스럽게 손가락을 들어 쿡쿡 찔러보았다.

몰캉몰캉!

기분 좋은 느낌이 손끝을 통해 전신으로 퍼져나갔다.

"대체 뭐냐, 넌……."

그 물음에 대한 답은 시스템 메시지가 대신했다.

[불완전한 핵이 태양교의 신성력을 받아들이고 무사히 작동했습니다.]

[불완전한 핵을 길들였습니다.]

[길들인 몬스터에게는 장비를 입혀줄 수 있으며, 추후 스킬 북을 통해 소환과 역소환을 할 수 있습니다.]

"어……?"

카이가 눈을 깜빡였다.

"이, 이거 펫이었어?"

생명체로는 보이지 않는다. 그도 그럴 것이 눈이나 귀, 하다못해 숨을 쉴 수 있는 코조차 없었으니까.

카이는 자신의 무릎을 벗어나 마치 벽을 꾸물꾸물 기어가는 녀석을 보며 한숨을 내쉬었다.

"아오사가 남긴 것 중 유일한 꽝은 이건가 보네."

이벤트 경향이 짙은 펫 전리품. 카이가 눈앞의 존재를 보고 내린 결론이었다.

'하긴, 게임이 대박만 터지면 무슨 재미가 있어?'

원래 치트키를 쓰고 게임을 하면 금세 질리는 법!

"음?"

그 순간. 창문에 찰싹 붙어 있던 불완전한 핵이 몇 번 꿈틀거리더니, 토끼의 모습을 취했다.

"……."

상황을 받아들이지 못한 카이는 멍한 표정으로 토끼를 바라보았다.

눈과 귀, 코와 입은 달려있지 않았지만 길쭉한 귀를 지닌 그 형태는 분명 토끼였다.

[불완전한 핵이 흉내 내기 스킬을 사용합니다.]

"흉내…… 내기라고?"

자신의 무릎 위로 폴짝 뛰어오르더니, 몸을 뉘이며 그대로 고로롱 소리와 함께 잠드는 토끼. 멍한 표정을 황급히 지워낸 카이는 곧장 펫 상태창을 불러냈다.

[불완전한 핵]

등급 : 레이드 보스

설명 : 불완전한 핵은 묽딘 교에서 만들어낸 인공 생명체이지

만 현재는 태양교의 신성력에 완벽하게 정화된 상태입니다. 신성력을 주입한 대상을 부모로 여기는 핵은 당신을 맹목적으로 따를 것이며, 그 누구보다 신뢰할 것입니다.

[포만감 : ∞ / 충성도 : 100/100]

[초급 흉내 내기 LV. 1]

등급 : 유니크

[위기 감지 LV. 1 Passive]

등급 : 레어

보유 스킬이라고는 달랑 두 개뿐인 초라한 스킬 창!

'하지만 잡다한 스킬 수십 개보다는 유니크 등급의 스킬 하나가 나아.'

카이는 곧장 흉내 내기에 대한 정보를 살폈다.

[초급 흉내 내기 LV.1]

등급 : 유니크

다른 몬스터의 모습을 흉내 냅니다. 스킬의 레벨에 따라 흉내 낸 대상의 스킬과 능력치를 가져올 수 있습니다.

스킬의 레벨이 부족하면 흉내 내기를 실패할 수도 있습니다. (중립 NPC, 유저 상대로는 사용 불가.)

재사용 대기시간 : 12시간

“이, 이럴 수가…….”

카이의 동공이 지진이라도 난 것처럼 흔들리기 시작했다. 미진으로 시작된 흔들림은 경진과 약진, 중진을 넘어 강진이 되었다.

파르르르!

모터라도 달아놓은 것처럼 흔들리는 카이의 눈꺼풀!

그 정도로 그가 받은 충격이 상당했다.

‘이건 어떻게 사용하느냐에 따라…….’

그 활용도가 무궁무진하다.

카이의 머리는 재빨리 굴러가기 시작했다.

‘흉내 내기에는 12시간의 쿨타임이 존재하지만, 유지 시간에는 제한이 없어.’

한마디로 한 번 누군가를 흉내 내기 시작하면, 다른 녀석을 모방하거나 스킬을 취소하기 전까지는 그 형상을 유지할 수 있다는 소리!

‘물론 스킬 레벨이 발목을 잡긴 해.’

스킬 레벨에 따라 실패할 수도 있다는 문구가 있다. 돌려 말하자면, 스킬 레벨이 낮으면 고위 몬스터를 흉내 낼 수는 없다는 소리다.

'하지만 그 부분은 내가 해결할 수 있어.'

'쩔', 온라인 게임에서 고레벨 유저가 저레벨 유저를 일방적으로 키워주는 것을 뜻하는 단어이다. 물론 미드 온라인에서는 다른 유저를 쩔해주는 건 굉장히 비효율적이다.

'기여도가 없으면 획득하는 경험치가 형편없으니까.'

하지만 펫의 경우에는 다르다. 펫은 주인과 경험치를 공유한다.

'실제로 블리자드만 해도 그래.'

블리자드를 소환한 채 자신이 몬스터를 잡으면, 획득한 경험치의 10%는 녀석이 가져간다. 그 시스템을 이용하면 불완전한 핵도 금세 레벨을 올려줄 수 있다는 뜻이 된다.

'게다가 현재 이 녀석의 레벨이 1이니까…….'

자신이 마음먹고 사냥하기 시작하면, 이 녀석의 레벨은 쑥쑥 올라갈 것이다.

"후후후."

카이는 눈앞의 핵을 사랑스러운 눈빛으로 쳐다보았다.

'꽝인 줄 알았는데, 대박도 이런 초대박이 따로 없잖아?'

미드 온라인에서 오직 자신만이 획득 가능하다는 부분도 마음에 들었다.

"역시 게임은 대박 치는 재미지. 꽝 같은 게 나오면 무슨 재미야?"

손바닥 뒤집듯 바뀌는 태도!

"오늘부터 네 이름은 몰캉이다."

카이는 자신의 기가 막힌 작명 센스에 크게 만족한 표정을 지었다.

42장
포이즌 마스터

세상일이라는 것이 그렇다. 진심이 전해지지 않을 때도 있을뿐더러, 상대방이 이를 몰라줄 때도 있는 법이다.

카이는 그 진리를 새삼스럽게 깨달았다.

[불완전한 핵이 몰캉이라는 이름을 싫어합니다.]

[불완전한 핵의 충성도가 약간 떨어집니다.]

[불완전한 핵의 이름을 짓는 데 실패했습니다.]

"……허어."

그야말로 통탄할 노릇!

자신의 무릎을 베개 삼아 자고 있던 몰캉…… 아니, 불완전한 핵이 슬쩍 머리를 들었다.

폴짝!

그러더니 건너편 시트로 점프한 뒤 그곳에서 다시 잠을 자려는 녀석!

그쯤 되자 카이도 눈치를 챌 수 있었다.

'이름이 마음에 안 드나 본데.'

작명 실력이 뛰어나기로 소문난 자신이 거절당할 줄이야!

충격에 입을 꾹 다문 카이는 진지하게 녀석의 이름을 생각하기 시작했다.

'생긴 건 영락없는 슬라임. 보유 스킬 중 내세울 수 있는 건 흉내 내기 정도.'

인터넷 창을 활성화한 뒤, 이런저런 이름을 찾아보던 카이가 손뼉을 쳤다.

"미믹? 이거 괜찮은데."

미믹(Mimic). 모 게임에서 보물 상자의 모습을 흉내 내 모험가들을 골탕 먹이면서 단숨에 유명해진 녀석이다.

하지만 본래 미믹이라는 단어는 흉내쟁이라는 뜻!

카이는 불완전한 핵에게 조심스럽게 손을 내밀었다.

"미믹. 이 이름은 어때?"

"……."

스윽 고개를 들어 카이의 얼굴 부분을 쳐다보던 녀석은 이내 몸을 낮게 숙였다.

'이런, 이것도 별로인가.'

카이가 낭패한 표정을 짓는 순간, 몸을 낮춘 건 추진력을 얻기 위함이었다는 듯 다시 카이의 무릎으로 점프한 녀석은 다시 고로롱 잠에 빠져들었다.

[불완전한 핵의 이름이 '미믹'으로 변경됩니다.]

[미믹의 충성도가 약간 상승합니다.]

미믹, 블리자드에 이은 카이의 두 번째 펫이었다.

"하으으으!"

약수터 할아버지가 빙의된 카이는 신음과 함께 기지개를 켰다. 마차에 오랜 시간 앉아 있어서인지 굳었던 온몸의 뼈와 근육이 비명을 내질렀다.

"어우, 시원하다."

상쾌한 표정을 지은 카이는 바다 비린내를 맡으며 걸음을 옮겼다.

지금은 타르달에게 임무 완수를 보고하는 것이 급선무.

그 때문에 아쿠에리아로 온 것이었다.

"왔는가?"

희미한 미소와 함께 자리에서 일어나며 카이를 반갑게 맞이하는 타르달. 카이는 그의 생소한 행동에 살짝 놀란 표정을 지으며 고개를 끄덕였다.

"……예."

"이쪽으로 앉게. 자네와는 할 이야기가 많겠군."

그가 권유한 자리에 앉은 카이는 이내 표정을 풀었다.

'처음이야.'

자신이 방문했을 때 타르달이 자리에서 일어나 맞이한 것은 이번이 처음이었다. 그만큼 아오사를 처치했다는 것이 자신의 가치를 크게 높여주었다는 뜻일 터!

카이는 당당한 목소리로 보고를 올렸다.

"말씀하신 대로 푸른 역병의 아오사를 처치했습니다."

"아무래도 듣는 귀가 있다 보니 여기저기서 들었다네. 자네, 그새 유명인사가 되었더군."

새삼스러운 눈빛으로 카이를 훑어본 타르달이 말했다.

"정말로 아오사를 홀로 잡은 건가?"

"예."

"과연, 그 녀석이 관심을 가질 만도 하군."

혼자서 무언가를 중얼거린 타르달이 고개를 끄덕였다.

"자네의 임무 완수를 확인하는 바이네."

[레벨이 올랐습니다.]

[스탯 포인트를 5개 획득합니다.]

소소하게 올라간 레벨을 확인한 카이는 시선을 돌렸다.

"그런데 아까 할 이야기가 많다고 하신 건?"

"아, 자네는 모르겠지만, 자네의 이름이 요즘 자주 들려."

"제 이름이요?"

카이가 얼떨떨한 표정으로 되물었다.

'내 이름을 어디서……? 우선 유저는 아닐 테고.'

현재 유저들은 언노운이라는 가명만을 알 뿐, 카이의 정체를 모른다. 그러니 카이라는 이름을 거론한다면 필시 NPC일 터.

카이의 생각은 틀리지 않았다.

"지명이네."

"……지명이요?"

"어둠 추적자들은 임무를 수행할 때 자신들을 도와줄 이를 요청할 권한이 있네."

"아하, 다른 어둠 추적자들이 저를 원한다는 말이군요."

"맞네. 블랙 리자드맨 때 자네와 함께했던 어둠 추적자들이 소문을 제법 좋게 내준 모양이야. 그때부터 자네에 대한 지명이 조금씩 들어오기 시작하더니, 아오사를 처치했다는 소문이 퍼지자 지명 요청이 폭발적으로 늘어났네."

"좋은 현상이죠?"

"나쁘지는 않지."

희미한 미소를 내비친 타르달이 두꺼운 서류더미를 그에게 내밀었다.

"한 번 읽어보고 수행하고 싶은 임무를 선택해 보게."

"어? 설마 임무의 결정 권한이 제게 있는 겁니까?"

"지명 요청 임무를 수행하는 건 처음이니 특별히 선택권을 주겠네."

"감사합니다."

타르달의 세심한 배려에 감사를 표한 카이는 서둘러 서류의 내용을 확인하기 시작했다.

하지만 그의 표정이 어두워지는 데는 그리 오랜 시간이 걸리지 않았다.

'이런, 대부분이 어둠의 정수에 물든 네임드 몬스터를 잡거나 뮬딘 교의 흔적을 뒤쫓는 것들뿐이야.'

애석하게도 현재 카이는 그것을 수행할 수 없었다.

'아직 디버프가 8일하고 한나절이나 남아 있으니까.'

카이가 어두운 표정으로 서류를 휙휙 넘기자, 타르달이 고개를 갸웃거렸다.

"표정이 안 좋군. 무슨 문제라도 있나?"

"아…… 사실 지금 몸이 썩 좋은 상태는 아닙니다. 아오사와의 전투에서 부상을 입었거든요. 몸이 치료되는 데까지 9일 정도의 시간이 필요합니다."

"그렇군. 그럼 지명은 모두 무시해야겠어."

"안타깝게도요."

"그렇다면……."

잠시 무언가를 고민하던 타르달이 손짓했다.

"그 서류는 모두 무시하게. 전투 임무 뿐이니 말일세."

"예."

아쉬운 표정으로 서류를 밀어내자, 타르달이 책상을 톡톡 두드리며 물었다.

"자네가 수많은 환자를 초기에 치료했다고 들었네만."

"예. 아오사가 나타나기 전까지 진료를 해줬습니다."

"그럼 독에 대한 조예도 있는 편인가?"

"독이요? 제법 있죠."

이번에 진료소에서 아야나와 함께 그녀의 부모님이 기록한 책들을 싸그리 훑었다.

덕분에 독이나 약초 등에 대한 지식이 크게 늘어난 상태!

'게다가 아오사를 잡고 포이즌 마스터 스킬까지 익혔지.'

카이의 당당한 모습에 타르달의 안색이 밝아졌다.

"그럼 마침 잘되었군."

스윽, 슥.

타르달은 서류 한 장을 꺼내 그곳에 무언가를 적더니 카이에게 내밀었다.

"사실 내 몇 주 전부터 내 오랜 친우가 도움을 요청했는데 다들 바쁜지 거절하더군. 전투 임무도 아닐뿐더러 보상도 제법 후하다고 하니 지금의 자네에겐 맞춤이군."

"잘 되었네요. 그나저나 목적지가 적탑이네요? 이곳에 친구분이 계신 겁니까?"

카이가 서류를 확인하며 물었다.

물의 현자이자 전직 재상과 친구인 마법사라, 그 정체가 궁금하다.

하지만 타르달은 절대 답을 쉽게 내어놓지 않았다. 그저 재미있다는 듯한 표정을 지으며 한쪽 입꼬리를 올렸다.

"찾아가 보면 알 걸세."

미드 온라인에는 여러 마탑이 있다.

적을 쓸어버리는 공격 마법의 적탑, 아군을 보호하는 방어 마법의 청탑, 모두에게 이로운 지원 마법의 백탑. 마지막으로 네크로맨서와 흑마법사의 성지 흑탑까지.

이렇게 네 개의 마탑이 미드 온라인을 대표한다.

마법사가 아닌 유저의 지식은 이 정도가 전부다.

'탑주들 이름까지 줄줄 외우는 건 마법사 클래스 정도지.'

그럼에도 불구하고 대다수의 유저가 이름을 외우는 마탑주가 한 명, 존재한다.

'걸어 다니는 자연재해, 적탑주 파사낙스.'

그에게 이와 같은 별명이 붙은 이유는 인터넷에서 쉽게 찾아볼 수 있었다.

"자신이 덥다는 이유로 블리자드를 시전해서 주변의 모험가들을 동상 상태에 빠뜨리고…… 왕국에서 산적 토벌 명령을 내렸는데 귀찮다는 이유로 그냥 산을 없애 버렸어?"

일반적인 상식으로는 이해할 수 없는, 괴짜 중의 괴짜!

카이는 게시판에서 읽은 충고를 뼛속 깊이 새겼다.

'음. 파사낙스가 근처에 있으면 뒤도 돌아보지 않고 도망치는 것이 상책이구나.'

다른 건 몰라도 목숨만큼은 끔찍하게 아끼는 카이!

하지만 슬프게도, 현재 그는 파사낙스의 근처에 있었지만 도망칠 수 있는 상황이 아니었다.

"생긴 건 영 비실비실해 보이는데…… 타르달이 정말 네놈을 추천한 게 맞는 게냐?"

"……."

왜냐하면 타르달의 오랜 친우가 파사낙스였기 때문!

침을 꿀꺽 삼킨 카이는 최대한 긍정적으로 생각했다.

'그, 그래. 나는 어둠 추적자의 일원으로 적탑을 방문한 거고, 타르달의 추천서까지 있어.'

그가 아무리 걸어 다니는 자연재해일지라도, 자신을 막 대하지는 못하리라.

카이는 사람과 사람 사이에 존재하는 상식이라는 것을 철석같이 믿었다.

"저…… 그래서 전 무엇을 하면 됩니까?"

"추천서에는 독에 대한 조예가 깊다고, 스스로 자부심을 느낄 정도라고 쓰여 있군."

"제가 오면서 곰곰이 생각을 해봤는데, 그건 제 자만심이었던 것 같습니다."

"뭐라?"

파사낙스가 눈을 매섭게 부라렸다. 그러자 마법사라고는 믿기지 않을 정도로 각진 턱과 단단한 몸매가 꿈틀거렸다.

마법사라기보다, 한평생 전장을 구른 용병 같은 느낌!

"항상 기억해라. 내뱉은 말은 주워 담을 수 없는 법이다."

"아…… 쏟아진 물처럼 말이죠?"

"재미있는 소리를 하는군. 쏟아진 물 정도는 언제든지 주워 담을 수 있다."

“……”

이 순간, 카이의 믿음이 살짝 흔들렸다.

파사낙스에겐 상식이 안 통할 것 같은 기분!

“아무튼 나는 세상에서 거짓말쟁이를 가장 싫어한다는 걸 똑똑히 기억해 두도록.”

매서운 경고와 함께 다시 추천서로 고개를 돌린 파사낙스의 눈매가 좁혀졌다.

“으음? 서류에는 아오사를 처치한 것이 네놈이라고 쓰여 있는데. 이게 사실이냐?”

“아, 예에……”

“호오. 재미있군.”

파사낙스는 흥미롭다는 표정을 잔뜩 드러내며 물었다.

“내가 말을 했던가? 사실 독을 연구하려는 이유도 아오사 때문이다.”

“아오사 때문이라고요?”

“그래. 뮬딘 교에서는 아오사를 만들어낸 전적이 있지. 한 번 한 것을 두 번 못할 이유는 없다. 오히려 다음번에는 더 발전된 존재를 만들어낼 수도 있지.”

“확실히 그렇군요. 그럼 독에 관한 연구를 시작하시려는 것도 모두 미래의 대비를 위해서……?”

“맞다. 마법사는 준비를 하는 자이기 때문이지.”

파사낙스가 한껏 자랑스러운 표정을 지었고, 카이도 이때만큼은 순수하게 감탄했다.

'성격은 이상할지 몰라도, 미래를 대비하는 자세만큼은 일류. 배워야 할 부분이야.'

배울 점이 있으면 배운다. 그것은 여태껏 노력을 통해 모든 것을 배워온 카이가 가장 자신 있는 부분 중 하나였다.

"퓰딘 교의 독에 대해 위협을 느낀 나는 희귀한 독들을 모두 수집했다. 거기까지는 순조로웠지. 그런데……."

파사낙스의 얼굴이 일그러졌다.

"막상 수집이 끝나고 보니 독의 종류만 수백 개가 넘더군. 이쯤 되니 도저히 분간이 안 가. 약제사들을 불러다 감정을 요청했지만 모든 독의 종류를 구분하지는 못하더군."

끄응, 신음을 흘린 파사낙스가 투덜거렸다.

"마음 같아서는 산적들에게 직접 실험해 보면서 독의 효능에 대해 알아보고 싶었지만…… 국왕 폐하께서 도저히 허락해주지 않더군."

"……."

그야 당연히 해줄 리가 없다. 라시온 왕국의 유일한 마탑주가 인체 실험을 하겠다는데 허락할 군주가 어디 있을까!

특히 베오르크 국왕처럼 칼 같은 성격의 소유자라면 더더욱 허락하지 않을 것이다.

"음. 그렇다면 결국 제가 할 일이라는 건……?"

"긴말은 필요 없겠지. 이 독들을 모두 분류해 주게. 효능 별로 모두 정리해 주면 좋겠어."

"그, 그런 말도 안 되는……."

언뜻 보기에도 독들의 종류는 수백 개나 되었다.

이걸 어떻게 모두 구분해 낸단 말인가?

카이가 식은땀을 흘리자, 파사낙스의 표정이 차가워졌다.

"설마 불가능하다는 건가? 그럼 독에 대한 조예가 깊다는 말도 모두 거짓이겠군?"

파사낙스의 주변으로 전류가 파지직거리고, 화염구가 두둥실 떠올랐다.

마법 저항력이 높은 카이라고 하지만, 게임에선 결국 레벨이 깡패!

'마탑주 정도 되는 NPC의 공격이라면…… 절대 무시 못 해. 아니, 죽을 수도 있다.'

결국 그의 협박에 굴복한 카이는 억지웃음을 지으며 그를 진정시켰다.

"무, 물론 가능합니다. 가능해요. 믿고 맡겨주세요……."

"그럼 분류를 시작해라. 내 눈앞에서, 당장."

마치 감시를 하겠다는 듯, 두 눈을 부릅뜨며 카이를 쳐다보는 파사낙스. 침을 꿀꺽 삼킨 카이는 아랫입술을 깨물며 약병 하나를 집어 올렸다.

"그, 그러니까요…… 이 독은 말입니다……."

자신감이라고는 눈곱만큼도 느껴지지 않는 목소리!

하지만 독병을 지그시 쳐다보는 카이의 눈앞으로 전혀 예상치 못한 메시지가 떠올랐다.

[포이즌 마스터 스킬의 효과가 발동합니다.]

[분석 중…….]

[독에 대한 분석이 완료되었습니다.]

"……어?"

카이가 멍청한 표정으로 두 눈을 껌뻑거렸다.

[붉은 아카투스의 뿌리 독]

등급 : 레어

설명 : 롬바 강의 기슭에서 발견되는 강력한 독입니다.

한 방울만 복용해도 체내의 모든 마나가 역류하며 구토와 어지러움을 호소하게 됩니다.

'……이게 뭐야?'

갑작스럽게 발동된 포이즌 마스터의 효과는 카이를 놀라게 만들었다. 포이즌 마스터는 아오사를 처치하고 보상으로 획득한 유니크 등급의 스킬 중 하나였다.

카이는 포이즌 마스터의 설명을 처음 읽었을 때, 내성이 강화되는 부분에 초점을 맞추었다.

그도 그럴 것이 스킬의 주 효과는 누가 뭐래도 독 저항력의 상승이라고 생각했으니까.

'하지만 그게 아니었어.'

독에 대해 해박한 지식이 생긴다는 것. 그것이 포이즌 마스터 스킬이 지닌 진정한 능력이었다.

설마 이렇게 처음 보는 독의 종류에 대해서도 단번에 알아낼 수 있을 정도라니!

"뭐 하고 있나? 독에 대해 잘 모르는 것 아닌가?"

파사낙스의 목소리와 눈매가 날카로워졌다.

조금씩 카이에게 다가오는 살벌한 마법들.

하지만 포이즌 마스터의 효과를 확인한 카이는 여유로운 목소리로 입을 열었다.

"롬바 강이네요."

"뭐라?"

"거기서 채집된 독이라구요. 붉은 아카투스의 뿌리 독. 이 약병에 들어 있는 독의 이름입니다."

"……."

카이의 당당한 말투에 긴가민가한 파사낙스는 책상 위에 놓인 서류 더미를 뒤적거렸다.

잠시 후, 그가 고개를 작게 끄덕였다.

"붉은…… 아카투스의 뿌리 독이라. 확실히 구매 리스트에 있긴 하군."

"본래라면 이렇게 허술하게 관리하시면 안 됩니다. 한 방울만 삼켜도 마나가 역류하는 치명적인 극독이거든요."

"호오, 체내의 모든 마나가?"

"예. 가장 이상적인 보관 방법은……."

카이의 입에서 일평생 독을 연구한 사람이나 알 법한 지식들이 흘러나왔다.

이에 파사낙스는 의심을 거두고 순수하게 놀랐다.

"제법이군. 정말 독에 대한 지식이 해박한 편이야. 웬만한 약제사보다 나아."

"후후, 제가 어려서부터 독에 대해서는 모르는 게 없었습니다."

잔뜩 높아진 카이의 콧대와 솟아오르는 어깨!

파사낙스는 인상을 찌푸렸지만, 실력을 입증한 카이를 구박할 수는 없었다.

"……그럼 이번에는 이 독을 분석해 봐라."

결국 고개를 절레절레 흔든 파사낙스는 새로운 독병을 건네며 분석을 이어나갔다.

'후후. 보인다, 보여!'

독을 집어 올리는 족족 그에 대한 분석이 완료되었고, 정보가 떠올랐다.

카이가 하는 일이라고는, 그것을 힘들게 알아내는 척 얼굴을 몇 번 찌푸려 주면 끝!

그렇게 카이가 다섯 병째 독의 분석을 마치던 순간이었다.

[레어 아이템의 감정에 성공했습니다.]

[안목이 약간 높아지는 기분이 듭니다.]

[감정 스킬의 랭크가 중급으로 상승합니다.]

"……!"

너무나도 갑작스럽게 올라간 감정 스킬의 숙련도!

카이가 돌연 멍한 표정을 짓자 파사낙스가 고개를 갸웃거렸다.

"무슨 일이냐?"

"아, 아뇨. 아무것도……."

떠듬거리며 겨우 대답을 마친 카이의 머리는 빠르게 돌아가기 시작했다.

'독을 분석하는데 감정 스킬의 숙련도가 오른다고?'

카이는 손에 쥐고 있던 독병을 가만히 내려다봤다.

그래, 이상할 것은 없다. 아무리 포이즌 마스터가 있다고 해도, 현재 자신이 하는 일은 무슨 효과를 지녔는지 모르는 독의 정체를 밝히는 일.

한 마디로 아이템 감정이었으니까.

'아이템 감정은 노말보다는 매직 아이템을, 매직보다는 레어 아이템을 감정할 때 더 숙련도가 잘 올라가지.'

그렇다면 파사낙스가 대륙을 뒤져서 힘들게 수집한 수백 종류의 독이라면?

카이의 두 눈에 기대감이 차오르기 시작했다.

'확실히 지금까지 감정한 것도 최소 매직 등급이었어.'

그런 독들이 앞으로도 수백 개나 있다.

아마 이만한 아이템들을 밖에서 감정하려고 했다면, 최소 1,2년은 사냥을 하거나, 엄청난 돈을 들여서 경매장을 싹 다 쓸어버리는 수밖에 없을 터!

'이걸 공짜로, 아니, 보상을 받으면서 할 수 있다고?'

그야말로 일석이조의 효과!

'운이 좋으면 감정 스킬이 상급까지 올라갈 수도 있겠지.'

거기까지 생각이 미치자, 카이는 인벤토리에 잠들어 있는 한 아이템을 떠올릴 수밖에 없었다.

'성환, 페트라.'

인어족의 마을에 보관되어 있던, 전대 태양의 사제가 사용한 성물!

상급 감정 스킬이 필요해서 여태까지 정보 확인조차 하지 못한 아이템이었다.

'잘하면 이번 기회에…….'

사람은 항상 목표가 확고히 정해졌을 때 일의 능률이 오르는 법!

파사낙스는 갑자기 일에 열중하기 시작한 카이를 보며 고개를 갸웃거렸다.

"오늘은 여기까지 하지."

"예에……."

"그럼 이제 나가봐라. 알려준 방의 위치 정도는 알겠지?"

"물론입니다. 그럼 내일 아침에 다시 뵙겠습니다."

방을 나선 카이는 침침한 눈을 꼭 감고, 눈두덩이 주변을 손으로 문지르며 마사지했다. 열두 시간 동안 한자리에 앉아 조그마한 병만 분류하고 있었으니 당연한 결과였다.

그러나 피곤해 보이는 얼굴과는 달리, 그의 눈은 어느 때보다도 밝게 빛나고 있었다.

'불과 하루 만에 독을 200개나 감정했다.'

덕분에 콩나물처럼 쑥쑥자란 카이의 감정 스킬은 현재 중급 3레벨. 유니크 등급의 독병이 몇 개나 포함되어 있었기에 가능한 쾌거였다.

'그리고 감정 스킬이 올라서 조금 더 세부적인 관찰도 가능해졌고.'

예를 들면 이런 식이었다.

[말라 비틀어진 아렉투의 뿌리]

등급 : 유니크

설명 : 복용 시 매우 강력한 수면 상태에 빠집니다.

뿌리를 잘게 빻아 성수와 9대 1 비율로 섞을 경우, 수면제로 사용할 수도 있습니다.

희귀도 : ★★★★★

독성 : ★★★★☆

바로 독의 희귀도와 독성의 등급이 표시되는 것이었다.

'혹시나 싶어 다른 아이템들도 감정해 봤지만, 독을 관찰할 때만 저렇게 나와.'

한마디로 저 세부적인 관찰 또한 포이즌 마스터의 능력이라는 뜻이다. 감정 스킬의 등급이 올라가면서, 포이즌 마스터의 본 능력을 더 이끌어냈다는 소리였다.

"후우."

파사낙스가 내어준 조그마한 방에 들어온 카이는 그대로 침대에 누워 눈을 감았다.

'아직도 감정해야 할 독은 수백 개나 남아 있어. 오늘 같은 속도라면……'

분명 감정 스킬이 상급에 닿는 것도 꿈은 아니었다.

그런 카이의 예상이 마냥 틀린 것이 아니었다.

이후 며칠은 빛살처럼 흘러갔다.

그사이에 카이가 분석한 독의 수는 정확히 874개였다.

더불어 파사낙스가 지닌 독의 수도 874개였다.

"수고했다."

"수고하셨습니다."

의뢰가 완전히 끝났다는 뜻이었다. 파사낙스는 독에 대한 분류가 아주 깔끔하게 끝나자 기분이 좋아 보이는 눈치였다.

'으음.'

반면 카이의 인상은 생각보다 밝지 못했다.

며칠 동안 감정 스킬의 숙련도는 계속해서 상승했다.

하지만 중급 9레벨의 문턱까지 올라간 스킬은 그때부터 정말 더디게 올라갔다.

그런 상황에서 감정이 끝났으니 얼마나 허탈한 기분이 느껴지겠는가.

'앞으로 조금만 더하면 성환을 감정할 수 있는데……'

파사낙스가 안타까운 마음에 발만 동동 구르는 카이에게 말을 건넸다.

"독들의 분류를 끝내줘서 고맙군. 그럼 이제 보상을 이야기할 차례인가."

"……아, 보상이요?"

감정 스킬을 어떻게 상급까지 올릴지 고민하던 카이는 보상 얘기가 나오자 즉각적으로 반응했다.

'그러고 보니, 타르달은 보상이 후하다고 했지.'

모든 일이 끝난 지금에야 그 이유를 알 수 있을 것 같다.

우선 작업량부터가 살인적이다. 874개나 되는 독을 하나씩 분석하는 일은 근성은 물론, 전문적인 지식도 요구했다.

'한 마디로 아무나 할 수 없는 의뢰야. 그리고 무엇보다 적탑주 파사낙스의 개인 지명 의뢰지.'

의뢰에 대한 보상은 곧 그의 명예와도 직결된 문제다.

그러니 절대 가치가 낮은 보상을 내어놓지는 않으리라.

실제로 파사낙스가 내뱉은 말은 카이가 자신의 귀를 의심하게 만들었다.

“딱히 원하는 것이라도 있나? 돈이라면 돈, 마법 아이템이라면 마법 아이템. 원하는 걸 주지.”

“……원하는 걸 아무거나 말해도 되는 겁니까?”

초롱초롱. 카이의 눈이 찬란하게 빛나기 시작했다.

마치 최고급 뷔페에 온 사람처럼, 무엇부터 먹어야 할지 모르는 듯한 모양새!

‘무조건 마법 아이템을 골라야 돼.’

돈이 있어도 매물이 없어 못 구하는 게 마탑에서 제작한 마법 아이템이기 때문이다.

무엇을 달라고 해야 할지 고민에 빠진 카이의 눈으로, 손가락에 낀 반지가 보였다.

‘아, 그러고 보니.’

라이넬을 잡고 획득한 ‘타락한 성기사의 반지’.

휘하의 스켈레톤 나이트들을 모두 듀라한으로 승격시키는 서임 스킬이 달린 유니크 반지다.

‘하지만 스켈레톤 나이트들을 구할 방법이 없어서 한 번도 사용하지 못했지.’

만약 파사낙스가 이 부분을 해결해 준다면?

전투력을 비약적으로 올릴 수 있을 것이다.

카이는 한껏 기대에 찬 표정으로 입을 열었다.

"혹시 스켈레톤 나이트들을 소환할 수 있는 아이템도 있습니까?"

"……스켈레톤 나이트를 소환해? 그게 무슨 소리냐."

"음, 직접 보여드리는 게 빠르겠네요."

카이는 인벤토리에서 놀 언데드 치프의 스태프를 꺼내 그에게 보여줬다.

"이 스태프는 놀 스켈레톤을 소환할 수 있는 능력이 있습니다."

"흐음. 스태프에 각인된 술식을 보니 그런 것 같군. 그래서, 이와 비슷한 장비를 원한다?"

"예. 파사낙스 님이라면 가능하지 않을까, 싶어서요."

꿈틀.

카이의 미묘한 언사에 파사낙스의 인상이 찡그러졌다.

"건방진…… 나에게 불가능이란 없다."

어느 시대에나, 가능하냐는 질문은 자존심을 긁는 법!

특히 마탑의 탑주인 파사낙스의 자존심은 남들보다 더더욱 높았다.

'이 녀석은 내가 의뢰한 독의 분석을 모두 마쳤는데, 정작 놈이 원하는 보상을 주지 못한다?'

세상에 놀림거리가 될 수도 있는 일이었다.

"흐으으음."

잠시 눈을 감고 무언가를 고민하던 파사낙스가 자리에서 일어났다.

"일어나라."

"예!"

카이가 밝은 안색으로 자리에서 일어나자, 파사낙스가 예고 없이 그의 어깨를 붙잡았다.

"텔레포트."

동시에 뒤바뀌는 시야.

하지만 도착한 곳은 카이의 예상과는 거리가 멀었다.

'마탑의 보물 창고가 아니야?'

파사낙스의 방처럼 평범한 사무실이었다. 다만, 벙찐 표정의 여인 하나가 의자에 앉아 있다는 것만이 다를 뿐이었다.

'여자?'

흑발의 웨이브진 머리가 거의 엉덩이까지 내려오는, 정말 긴 머리카락을 소유한 여인이었다.

하지만 까만 머리카락과는 대조적으로, 창백한 피부 때문인지 그녀는 병약해 보였다.

그녀가 입을 열었다.

"왜 왔어?"

적탑주 파사낙스에게 거리낌 없이 반말을 하다니!

카이가 뜨악한 표정을 지었지만, 정작 당사자는 아무렇지도 않다는 표정으로 말했다.

"예전에 나에게 빚진 거, 기억하나?"

"7…… 년 전에 죽음의 평야?"

"용케 기억하는군. 그거 맞다."

"안 잊어버렸네."

"줄 건 잊어버려도, 받을 건 안 잊어버리는 성격이다."

"고약한 노인."

"시끄럽다."

그녀의 시무룩한 목소리를 가볍게 일축한 파사낙스가 두꺼운 손을 뻗어 카이를 땡겨왔다.

"이 녀석이 스켈레톤 나이트를 부릴 수 있는 장비를 원한다. 가지고 있나?"

"……누구?"

"타르달의 부하. 독 전문가다."

"호."

카이에 대한 인상을 짤막하게 표현한 여인이 미간을 찌푸렸다.

"스켈레톤 나이트를 다룰 수 있는 물건…… 은 없는데."

"쯧."

파사낙스가 혀를 차며 구박하자, 그녀가 억울한 표정으로 항변했다.

“스, 스킬 북은 있어!”

“하지만 그건 흑마법사나 네크로맨서만 사용 가능한 거 아닌가?”

“그렇지만…….”

“이놈의 복장을 보면 모르겠나. 사제도 다룰 수 있는 스켈레톤 나이트가 필요하단 말이다.”

“으으으.”

안 그래도 창백한 그녀의 안색이 더욱 하얗게 질려갔다.

고통스러워하는 그녀를 보던 카이가 조심스럽게 물었다.

“저…… 파사낙스 님. 실례지만 저분은 누구십니까?”

차마 ‘저 여성분이 누구길래 당신에게 반말을 지껄이고도 무사하죠?’라고 묻지는 못했다.

“음? 모르는 건가? 네놈, 나를 처음 봤을 때는 단번에 알아보지 않았나.”

“그거야…….”

걸어 다니는 자연재해는 미리 얼굴을 알아둬야 만났을 때 도망칠 수 있으니까.

대부분의 모험가가 파사낙스의 얼굴을 아는 이유였다. 물론 카이는 그 사실을 입에 담을 정도로 멍청하지 않았다.

“파사낙스 님은 워낙 유명인이잖습니까.”

"흠, 그렇지. 나는 유명한 편이지. 저 흑탑의 건방진 꼬맹이와는 다르게 말이지."

'흑탑의 건방진 꼬맹이?'

잠시 그 단어를 입속에서 굴려보던 카이가 설마 싶은 심정을 담아 되물었다.

"혹시……?"

"아마 생각하는 바가 맞을 거다."

"저분이 흑탑주 코로나 님이라고요?"

"그래."

짤막하게 고개를 끄덕인 파사낙스가 말을 덧붙였다.

"스켈레톤 나이트를 원한다고 하지 않았나. 그렇다면 전문가에게 맡기는 편이 낫겠지."

"하지만 코로나님도 뾰족한 수가 없으신 것 같은데……."

"걱정하지 마라. 마법사라는 족속은 결국 쪼아대면 결과를 내놓게 마련이니까."

"……."

눈물이 나올 정도로 안타까운 현실이었지만, 결과적으로 그의 말은 사실이었다.

43장
충돌

“방법은 세 개.”

코로나가 가냘픈 손가락 세 개를 피면서 말했다.

“이 중에서 가장 추천하는 건, 암흑 문신을 새기는 거.”

“으음.”

흑탑이 자랑하는 고유 기술 중 하나이다.

신체의 부위에 마법 술식을 새겨놓고, 원할 때 발동하는 기술. 마도사가 직접 시술을 해야 하기에 가격이 비싸다는 점을 제외하면 단점조차 없다.

‘하지만 커뮤니티에서는…… 사제가 문신을 새기면 명성이랑 신성력이 떨어진다고 하던데.’

아니나 다를까, 반응은 곧장 찾아왔다.

[헬릭은 사도가 몸에 그림을 그려 넣는 것에 반대합니다.]

[태양교의 교리에, 몸과 마음을 항상 정갈하게 유지하라는 항목이 존재합니다.]

[암흑 문신을 새길 시, 신성력과 명성이 대폭 하락합니다.]

'아, 그러시구나.'

말 잘 듣는 어린 양, 카이는 곧장 고개를 흔들었다.

"암흑 문신을 그리는 건 조금 힘들 것 같네요. 교리에 어긋나서요."

"그, 그럼 두 번째로 추천하는 걸로 해. 네크로맨서 혹은 흑마법사로 전직하면 돼."

"……."

이번에는 예상외로 메시지창이 조용했다.

하지만 그건 헬릭이 직업을 바꾸는 걸 허용해 줬기 때문이 아니었다.

'이 양반도 나름 눈치가 빠르다니까.'

카이가 절대 직업을 바꾸지 않을 것이라는 확신이 있기에 경고를 하지 않는 것뿐!

실제로 카이는 웬만한 히든 클래스를 준다고 해도 직업을 바꿀 의향이 없었다.

"그것도 좀……."

카이의 입에서 연달아 거절의 의사가 흘러나오자, 코로나가 슬픈 표정을 지으며 중얼거렸다.

"마지막 방법은 정말 추천하지 않는 건데…… 그래도 들을 거야?"

"한 번 들어나 보죠."

"……세 번째. 내가 맞춤형 마법 아이템을 만들어준다."

"세 번째로 하겠습니다!"

일말의 망설임도 없이 소리친 카이!

그는 어이없다는 표정을 지으며 코로나를 쳐다봤다.

'아니, 왜 제일 좋은 방법을 마지막에서야 말해주는…… 아. 설마?'

코로나를 빤히 쳐다보던 카이는 이내 고개를 저었다.

'에이, 설마.'

탑주나 되는 인물이, 설마 마법 아이템 하나를 만드는 게 귀찮아서 그런 짓을 했겠는가.

"후우."

하지만 노골적으로 귀찮고, 피곤하다는 기색을 풀풀 풍기던 코로나가 입을 열었다.

"아, 정말 귀찮은데……."

"……."

이 얼마나 글러먹은 인간인지!

마탑의 탑주는 이제 겨우 둘을 만나봤지만, 하나같이 정상적인 사람은 없다.

'정말이지 마법계의 앞날이 걱정…….'

진지하게 마법사 유저들의 미래를 걱정하던 카이에게, 코로나가 질문했다.

"스켈레톤 나이트 소환, 요구사항은 그게 끝이지?"

"예, 그 정도만 되어도……."

"쯧쯧."

카이의 말이 끝나기도 전, 옆에서 가만히 대화를 듣고 있던 파사낙스가 혀를 차며 끼어들었다.

그는 대번에 인상을 찡그리더니 카이를 노려봤다.

"네놈, 아무래도 상황을 파악하지 못하는 것 같으니, 내가 친절하게 설명해 주지."

"예?"

"꼬맹이가 나에게 쩔쩔매는 이유가 궁금하지 않나?"

"그야…… 적탑의 탑주시고, 나이도 많으시니까?"

"끌끌끌, 저 게으름뱅이 꼬맹이가 노인 공경을 할 녀석처럼 보이나."

입 꼬리를 올린 파사낙스가 말을 이었다.

"7년 전, 저 꼬맹이가 죽을 뻔한 적이 있다. 당시 내 도움으로 가까스로 목숨을 건졌지."

"아아, 처음에 죽음의 평야 어쩌고 하셨던 게?"

"맞다. 그때 나는 저 꼬맹이를 살려줬고, 마나의 맹세를 받았지."

"마나의 맹세!"

카이의 눈이 커졌다.

마나의 맹세는 NPC 마법사들이 절대적인 신뢰 관계를 구축할 때 사용하는 계약 방법이다.

'약속을 어기면 체내의 마나가 증발하는 무서운 계약!'

현실의 보증이나, 사채 등과는 비교도 되지 않을 정도로 무시무시한 계약인 것이다.

"내용은 간단하다. 단 한 번, 내 부탁을 들어주는 것."

"설마?"

"끌끌, 머리가 참 나쁜 녀석이군. 이제야 이해한 건가."

"저에게 보상으로 주신다는 게 그것이군요."

"그래. 솔직히 아깝지만…… 저 꼬맹이의 협조가 없으면 난 네가 원하는 걸 주지 못하니까."

"파사낙스 님……."

카이가 살짝 놀란 표정을 지었다.

'단순한 다혈질 노인인 줄 알았는데…… 이런 면이 있을 줄이야!'

누군가는 그를 자존심에 강한 괴짜라 부를 수도 있다. 하지만 자신이 내뱉은 말을 지키려는 그의 자세는 분명 존경받을 만했다.

'설마 나와의 약속을 지키기 위해, 이 엄청난 기회를 내놓을 줄이야.'

파사낙스는 자신을 초롱초롱하게 쳐다보는 카이의 눈빛이 영 거슬렸는지, 턱을 까딱였다.

"눈빛이 소름 끼치는군. 돌아가는 상황을 알았으면 꼬맹이와 처음부터 다시 협상해라."

"예, 알겠습니다."

카이는 마치 전장에 나가는 병사처럼 결연한 표정을 내비쳤다.

"……난 이제 망했어."

그런 카이를 쳐다보는 코로나의 눈에는 슬픔이 가득했다.

"예? 아이템 완성에 두 달이나 걸립니까?"

"……너, 자신이 얼마나 말도 안 되는 요구를 했는지 조금은 생각해 보고 말하는 게 어때?"

"하하."

카이가 머쓱한 표정을 지으며 머리를 긁적였다.

“죄송해요. 제가 마법은 잘 몰라서…… 그냥 아이템 만들 때 마법 술식도 같이 집어넣으면 되는 거 아닌가요?”

“으, 으아아아…….”

뒷목을 붙잡은 코로나가 게거품을 물고 쓰러지는 순간!

파사낙스가 피식 웃으며 말을 받았다.

“정말 아무것도 모르는군. 저 꼬맹이 정도의 실력이 있으니 두 달 만에 끝나는 거다.”

“마법 아이템 제작이 그렇게 어려운가요?”

“물론. 아이템에 주입할 스킬들의 술식이 충돌하면 그걸 해결할 때까지는 수백 번이나 같은 작업을 반복하면서 해결법을 찾아야 하니까.”

“아, 무슨 말인지 알 것 같아요.”

계속해서 발견되는 버그를 고치는 프로그래머를 떠올리니 이해가 쉽게 되었다.

‘그럼 기간은 더 줄일 수 없다는 소리인데…… 두 달이면 아슬아슬하겠는걸.’

강민구 지부장이 사전에 귀띔해줬던 침공 이벤트도 이제 코앞으로 다가왔다.

현실에서 20일 정도 후에 이벤트가 시작되니, 게임의 두 달과 시기상으로는 얼추 비슷하다.

‘뭐, 되면 좋고 안 되면 어쩔 수 없는 거지.’

이미 자신의 역할은 끝났다. 남은 건 정화수를 떠놓고, 코로나가 열심히 좋은 아이템을 만들어주기를 기도할 뿐!

"네놈, 수고했다. 난 강의가 있어서 먼저 가보지."

기절한 코로나를 그대로 놔둔 파사낙스는 곧장 텔레포트 스킬을 사용하여 돌아갔다.

그의 성정만큼이나 갑작스러운 작별!

'그럼 나도 돌아갈까.'

마찬가지로 기절한 코로나를 두고 곧장 흑탑을 나섰다.

그가 향한 곳은 타르달의 저택.

"음?"

카이가 생각보다 일찍 돌아오자, 타르달은 놀란 표정을 지었다.

"자네, 설마 파사낙스에게 쫓겨난건가?"

"아니요. 맡겨주신 의뢰는 성공적으로 마쳤습니다."

파사낙스와 있었던 일을 자세하게 말해주자, 타르달이 웃음을 터뜨렸다.

"허허허. 그 녀석, 코로나에게 한 몫 단단히 뜯어낼 생각을 하더니 안타깝게 됐군."

"솔직히 놀랐습니다. 그런 엄청난 기회를 보상으로 건네줄 줄은 몰랐거든요."

"마법사들은 대체적으로 자존심이 높네. 그리고 파사낙스는 예전부터 유독 자존심이 높았지. 성정이 불같은 게 단점이지만, 자신의 사람은 끔찍하게 잘 챙기고 내뱉은 말을 어긴 적은 한 번도 없어."

"확실히 그런 부분은 존경하게 되었습니다."

타르달이 싱긋 웃었다.

"성격이 그렇게 괴팍한데도 따르는 이들의 수가 많은 데에는 이유가 있는 법일세. 사람을 대하는 것이 조금 서투를 뿐, 나쁜 친구는 아니니 너무 미워하지 말게."

짧은 대화를 나눈 타르달이 항상 그래왔듯, 서류철을 붙잡았다.

"곧장 돌아온 걸 보면 새로운 의뢰가 필요한가?"

"아, 사실. 긴히 드리고 싶은 이야기가 있습니다."

"흠?"

카이의 진중한 표정을 읽은 타르달이 서류철을 내려놓으며 고개를 끄덕였다.

"말해보게."

"아무래도 당분간 어둠 추적자의 임무를 받을 수 없을 것 같습니다."

"허어, 무슨 일이라도 있는 겐가? 혹시 아오사와의 전투에서 입은 부상이 생각보다 심하다거나……."

"아뇨, 그런 문제는 아닙니다. 후유증은 조만간 완치될 겁니다. 다만…… 그 이후에 엘프의 숲에 방문해 볼까 합니다."

엘프의 숲. 카이의 입에서 그곳의 이름이 흘러나왔다.

"엘프의 숲이라?"

타르달이 피식 웃었다.

"자네도 다른 모험가와 비슷한 구석이 있군. 엘프들의 마을을 찾아보고 싶은 겐가?"

저런 반응이 나오는 것이 정상이었다. 일반적인 모험가라면 엘프의 마을 위치를 알 수가 없을 테니까.

"아니요. 엘프 마을의 위치는 알고 있습니다."

"……."

올라가 있던 타르달의 입꼬리가 천천히 내려왔다.

"……모험가가 엘프 마을의 위치를 알고 있다? 믿기 힘든 이야기로군."

"화이트홀에서 묵었던 진료소의 주인이 엘프였습니다."

"엘프는 기본적으로 자연을 파괴하는 인간들을 좋아하지 않아. 특히 모험가에게는 더더욱 마을의 위치에 대해 알려주지 않았을 텐데…… 어찌 된 일이지?"

'역시 타르달. 예리한 부분을 찌르는군.'

하지만 그가 간과하고 부분이 하나 있었다. 그건 바로 카이가 일반적인 모험가와는 다르다는 부분이다.

"말씀하신 대로 제가 일반적인 모험가였다면, 말해주지 않았을 겁니다. 하지만 엘프들에게 전 누구보다 믿을 수 있는 사람이지요."

"왜지?"

"물의 현자라 불리우는 타르달님이라면, 슬슬 눈치채셨을 것 같은데요."

카이가 빙긋 웃어보이자, 타르달이 책상을 가볍게 두드렸다.

"……이상하다는 생각은 했네. 자네가 하카스의 비늘을 가져왔을 때부터 말이지."

하카스는 모험가들은 물론, 웬만한 NPC들도 갈 수 없는 심해에 서식하는 나가족의 왕자이다. 그래서 카이가 그의 비늘을 가져온 순간, 타르달은 정말 깜짝 놀랐었다.

"사제의 몸으로 인어족의 원수인 나가족 왕자를 사냥하고, 홀로 아오사를 처치했으며, 엘프에게 친구로 인정받고 마을의 위치까지 들었다?"

타르달이 날카로운 눈빛으로 카이의 전신을 훑었다.

"내 얕은 지식으로는 이를 설명할 수 있는 존재가 하나밖에 생각나지 않는군."

"그게 무엇인지 여쭤 봐도 되겠습니까?"

"자네를 어둠 추적자에 가입시킬 때, 뮬딘 교에 대해 자세히 설명해 준 것 기억하나?"

"물론입니다."

그때 묠딘 교에 대해 처음으로 들었고, 그들이 메인 퀘스트의 주목적이라는 것을 깨달았다.

“이번에는 태양교에 대해 짧게 설명을 해줘야겠군. 태양교의 역사는 세 단어로 설명할 수 있네.”

손가락 세 개를 들어올린 타르달은, 천천히 하나씩을 접어나가며 말했다.

“수호와 안식, 그리고 광휘.”

“……”

광휘에 대해선 카이도 들은 바가 있다.

‘패트릭을 지칭하는 단어겠지.’

태양교 역사상 최고, 최강의 성기사, 3대째 사도.

그리고 지금 타르달의 입에서는 1대와 2대에 대한 정보가 흘러나왔다.

“수호의 시미즈, 안식의 체란티아. 그리고 광휘의 패트릭.”

‘역시.’

카이는 담담한 표정으로 고개를 끄덕였다. 그런 그의 모습을 유심히 지켜보던 타르달이 손을 내리며 물었다.

“그리고 지금 내 앞에, 자신을 4대째라 주장하는 모험가가 앉아 있는 것 같군.”

“주장이 아닙니다.”

“증명할 방법이 있나?”

카이는 아무런 말 없이, 인벤토리를 열었다.

잠시 후 그의 손에 들린 건 정교한 태양이 조각된 찬란한 반지였다.

"……."

성환, 페트라가 뿜어대는 성스러운 기운에 타르달은 잠시 말을 잇지 못했다.

잠시 후, 정신을 차린 그는 무언가를 결심한 표정으로 입을 열었다.

"엘프와 인어, 드워프 모두가 한때는 세계연합군의 일원이었다는 걸 알고 있나?"

"예. 연이 닿아 패트릭 님이 남긴 사념의 파편과 대화를 나눈 적이 있어 알고 있습니다."

"허어, 전설의 그 '광휘'와 직접 대화를 나누다니…… 솔직히 부럽군."

진심으로 부럽다는 표정을 내비친 타르달이 고개를 흔들었다.

"아니, 이런 이야기를 할 때가 아니군. 자네가 태양의 사제라면 꼭 좀 부탁할 게 있네."

"부탁입니까?"

카이가 확실하게 물었다.

임무나 의뢰. 모두 명령이나 다름없는 퀘스트들이 아닌, 카이의 판단에 따라 거절이 가능한 종류인지를.

이에 타르달이 고개를 끄덕이며 천천히 운을 띄웠다.

"이건 간절한 부탁이니 들어보고 대답해 주게. 세계연합군에 의해 묻던 교가 역사의 뒤안길로 사라졌고 이후 연합군도 자연스럽게 갈라졌네. 잠시나마 하나였던 인간군은 세 개의 왕국과 두 개의 제국으로 나뉘었지. 이후 엘프는 숲으로, 인어와 드워프는 각각 심해와 지하로 떠났다네. 그 뒤로 수백 년이라는 시간이 흘렀어."

말을 하던 타르달이 돌연 슬픈 표정을 지으며 말했다.

"……인간은 탐욕스러운 동물이라네. 더군다나 수백 년이라는 시간은 인간에게는 너무나 긴 시간이지."

과거를 망각한 인간의 무서움에 대해서.

"아름다운 엘프와 인어를 노예로 삼으려는 인간도 있었고, 드워프의 지식과 손재주를 훔치고자 했던 인간도 있었네."

인간들 스스로가 끝내 버린 이종족과의 교류에 대한 말이었다.

"이제 이종족들은 우리 인간을 믿지 않네. 아니, 어쩌면 천년 전 세계연합군이 결성되었을 때도 마찬가지였을지 모르겠네. 그들이 믿는 건 태양신 헬릭의 전인인 태양의 사도뿐이었을지도 몰라. 사도와 그들의 결속은 그만큼 단단했으니까."

"확실히…… 그럴지도 모르겠습니다."

성물의 관리를 인간이 아닌 그들에게 맡겼다는 점만 생각해도 그렇다. 그리고 카이는 타르달이 자신에게 무엇을 원하는지, 왜 단도직입적으로 말하지 못하고 주제를 빙빙 돌리는지를 깨달았다.

"혹시 뮬딘 교가 돌아온 것을 그들에게 알리고, 어둠 추적자에 합류하기를 원하시는 겁니까."

"부정하지 않겠네. 현재 대륙을 감도는 전운은 인간은 물론, 그들조차 뒤덮고도 남아. 당했을 때는 너무 늦은 상태일 거야. 서로의 힘을 모아야 할 때일세."

띠링!

[세계연합군을 재건하라]

[난이도 : A]

[인간과 엘프, 드워프와 인어는 한때 같은 깃발 아래에서 싸웠던 동료들이었습니다.

하지만 망각하는 동물인 인간은 시간이 흐를수록, 세대가 바뀔수록 기록에 불과한 과거를 잊어버리고 이종족을 제멋대로 주무르기를 원했습니다.

수백 년 동안 감정의 골이 깊어질 대로 깊어진 지금, 그 어떤 이종족도 인간에게 우호적이지 않습니다. 하지만 태양의 사제인 당신이라면 그들 모두의 뜻을 하나로 모을 수 있습니다. 엘프와 드

워프, 인어들을 세계연합군에 끌어들여 다가올 대륙의 어둠에 맞서십시오.]

[성공할 경우 : 스페셜 칭호, '인도하는 자' 획득.]

[실패할 경우 : 타르달의 호감도 하락. 엘프와 드워프, 인어의 호감도 하락.]

'A급 퀘스트……!'

태양의 사제로 전직을 하기 전 자신의 뒤통수를 쳤던 흑마법사 지르칸. 그때 받았던 퀘스트를 제외하면, 카이가 여태 진행했던 퀘스트 중 난이도가 가장 높았다.

'세계연합군의 재건이라…….'

아무리 봐도 하루, 이틀 걸려서 깰 수 있는 퀘스트로 보이지는 않았다.

'하지만 급하게 깰 필요는 없는 퀘스트지.'

게다가 이건 어디까지나 타르달의 부탁. 주도권은 자신이 쥐고 있었다.

"……우선 전 타르달님의 이 '부탁'을 상당히 긍정적으로 받아들이고 있습니다."

흐음.

이후 카이는 관자놀이를 톡톡 두드리며 뜸을 들였다.

1분, 2분…….

시간은 속절없이 흘러갔고, 결국 타르달이 먼저 물었다.

"그들을 세계연합군의 일원으로 받아들일 수 있다면, 지원을 아끼지 않겠네."

"정말이십니까?"

카이는 마치 기다렸다는 듯 눈을 반짝이며 되물었다.

"물론일세. 적어도 우리 라시온만큼은 그 어떤 지원도 아끼지 않을……."

"그 정도면 충분합니다. 좋습니다. 받아들이겠습니다."

방긋 웃은 카이는 망설임 없이 퀘스트를 수락했다.

"대신 오늘 나눈 대화를 잊지 말아주십시오. 그 어떤 지원도 아끼지 않겠다고 하신 말이요."

"내 육신이 땅에 묻혀 망각의 강을 건너지 않는 이상, 내뱉은 말을 번복하는 일은 없을 걸세."

카이는 그가 내미는 손을 꽉 움켜쥐었다.

악수와 함께 만족스러운 거래가 끝을 맺었다.

푸른 잎이 무성한 숲속의 베이스 캠프.

평상시라면 엘프의 숲으로 들어가기 전에 유저들이 휴식을 취하는 안락한 장소다.

하지만 오늘의 분위기는 납덩이라도 끼얹은 듯 무거웠다.

그 무거운 분위기를 생성하는 무리는 두 개였다.

"사과해라."

"사과? 대체 우리가 뭘 잘못했는데?"

"엘프의 숲 서쪽 구역은 검은 별 길드가 통제하고 있다. 그곳에서 멋대로 사냥을 했으니, 돈을 토해내고 사과하는 게 마땅하겠지."

"하, 미친 소리 좀 작작해. 엘프의 숲이 얼마나 큰데 여길 통제하겠다는 거야?"

흑색 로브를 뒤집어쓰고 있는 마법사 무리가 하나. 그리고 그들을 상대로도 위축되지 않는 무리가 하나 더 있었다.

'하여튼 검은 별, 문제 일으키는 새끼들은 맨날 얘네야.'

'마법사는 저들밖에 없는 줄 아는 머저리.'

'퓨리마 파티만 불쌍하게 됐네.'

'검은 별, 저 새끼들은 꼭 길드는 안 건드리고 치졸하게 파티만 건드리더라.'

유저들은 검은 별 길드에게 일방적으로 핍박받고 있는 퓨리마 파티에게는 동정의 눈길을, 검은 별 길드를 향해서는 언짢은 눈빛을 노골적으로 보냈다.

물론 그 정도 압박에 위축될 검은 별이 아니었다.

"……."

천천히 주변을 한 바퀴 돌아본 검은 벌 파티의 리더, 벌처는 돌연 몸을 휙 돌렸다.

파지지지직!

순식간에 손아귀로 모인 번개의 창!

그는 망설임 없이 그것을 투창처럼 던졌고, 번개의 창은 퓨리마의 가슴을 꿰뚫었다.

"커억!"

"꺄악! 오빠!"

"이 새끼가 다짜고짜 무슨 짓……!"

퓨리마 파티원들이 무기를 빼 들고 항변하려고 했지만.

서걱! 서걱!

벌처의 손에서 윈드 커터는 그들의 움직임을 허락하지 않은 채 그들을 유린했다.

싸가지는 밥이나 스프에 말아먹었을지 몰라도, 실력만큼은 최상급.

"……크으윽."

순식간에 빈사 상태에 빠진 퓨리마 파티의 말수가 급격히 줄어들었다.

"흥."

시시하다는 표정을 드러낸 벌처가 주위를 한 차례 둘러보더니 코웃음을 쳤다.

'하여튼 벌레 같은 것들은 꼭 매를 맞아야 주제를 알아요.'

엘프의 숲은 거대한 나무 몬스터인 트리바고가 주로 나오는 곳이었다.

덩치가 있는 만큼 체력 또한 높았고, 때문에 마리당 경험치 수급도 좋은 편이었다. 그래서 벌처는 길드의 수뇌로부터 임무를 하나 받았다.

무력을 사용해서라도 엘프의 숲 서쪽 구역을 검은 벌의 소유로 만들어라.

쉽게 말하자면, 사냥터 통제다.

지난 몇 주간 작업한 결과, 이제 유저들은 엘프의 숲 서쪽으로는 잘 접근하지 않았다.

'물론 여전히 주제를 모르는 놈들이 꾸준히 나오지만.'

하지만 그때마다 이렇게 압도적인 무력 차이를 보여주면 결국 따를 수밖에 없을 것이다. 검은 벌은 여태까지 그런 식으로 통제 사냥터의 수를 늘려왔고, 앞으로도 그럴 것이다.

"가자."

벌처는 찍소리 못하는 유저들을 비웃으며 캠프를 떠났다.

그가 떠나고 나서야 불만이 터져 나왔다.

"젠장! 저 싸가지없는 새끼들, 진짜 누가 안 잡아가나."

"하여튼 타이탄이랑 검은 별은 정도가 좀 심하잖아."

"어이, 여기 사제 없어? 퓨리마 애들 치료 좀 해달라고."

"일단 이 포션이라도 좀 써봐."

순식간에 퓨리마 파티 주변에 모여들어 그들을 도와주는 유저들. 검은 별과 척을 질 용기는 없지만, 그들의 부당함을 온몸으로 느끼고 있는 이들이었다.

"제가 한 번 봐드릴게요."

인파를 헤치고 사제 하나가 튀어나왔다.

하얀색 사제복을 입은 채, 후드 모자를 깊게 눌러쓰고 있는 유저. 그는 고작 힐을 몇 번 사용한 것만으로 퓨리마 파티를 순식간에 치료했다.

이를 보고 있던 유저들의 동공이 살짝 커졌다.

'잠깐만, 힐 몇 번에 풀피를 채운다고?'

'대체 신성력이 얼마나 높은 거야?'

'이 주변에서는 처음 보는 유저인데, 어느 파티 소속이지?'

궁금증을 채 풀기도 전에, 치료를 마친 사제는 무엇이 그리 급한지 서둘러 자리를 떠났다.

엘프의 숲.

인적이 드문 장소에 도착한 사제는 후드를 뒤로 넘겼다.

안쪽에서 드러난 것은 카이의 얼굴이었다.

"역시 검은 벌 녀석들이 싸가지가 없는 거였어. 내가 이상한 게 아니라니까."

카이는 조금 전 베이스 캠프에서 일어난 일방적인 폭력에 주먹을 부르르 떨었다. 마음 같아서는 당장에라도 달려 나가서 놈들을 모두 썰어버리고 싶은 심정이었다.

'하지만 아직은 안 돼.'

엘프의 숲에 대한 자료 조사는 모두 마쳤다. 준비해야 할 물건들도 모두 준비했고, 자기 전에는 ASMR을 들으면서 잤기에 컨디션도 최고다.

'그러니까 계획을 조금 바꾸자.'

다른 유저들을 무시한 채, 아야나의 어머니가 준 지도를 찾아 곧장 엘프 마을로 찾아가는 것이 원래 계획이었다.

하지만 베이스 캠프의 참상을 본 이상, 이대로 지나치기는 힘들다.

'불의를 보면 지나칠 수조차 없다니! 난 이래서 매번 손해만 보는구나.'

물론 정의감이 이유의 전부는 아니었다.

'검은 벌 녀석들. 슬슬 끌어내리고 싶은데 말이지…….'

세계 10대 길드. 그 자리에 녀석들 같은 양아치가 있다는 것만으로도, 기분이 불쾌해진다.

'원래는 두 달 후 침공 이벤트에서 엿을 먹이려고 했지만……'

검은 벌 녀석들의 양아치 근성이 일을 앞당겼다.

카이는 검집에 손을 올리며 중얼거렸다.

"엘프의 숲 서쪽 구역이라고 했나?"

카이의 몸이 서쪽으로 돌아갔다.

"아까 정말 멋졌습니다. 윈드 커터의 시전 속도와 명중률이 날이 갈수록 빨라지시네요."

"그 녀석들 표정 봤습니까? 분통은 터지는데, 아무 말도 못 하는 그 억울한 표정! 크흐흐."

"뭐, 너희들도 언젠가 할 수 있겠지. 잘 보고 배우라고."

벌처는 그가 이끄는 파티에서는 왕이었고, 신이었다.

황제처럼 떠받들어지는 이 게임이 정말 마음에 들었다.

'실력만큼 대우받는다. 참 좋은 세상이야.'

게임을 잘한다는 것만으로도 웬만한 직장인들보다 많은 돈을 벌어들일 수 있다니.

벌처는 과거에 태어난 천재들을 동정하면서, 이 시대에 태어난 자신에 감사했다.

"저…… 그런데 요즘 유저들 분위기가 심상치 않습니다."

"분위기?"

"예. 지역 채팅창을 보면 심심찮게 저희 길드의 뒷담화도 올라오고, 커뮤니티에서도 여론이 안 좋아요."

"쯧쯧쯧."

벌처는 제 부하를 한심하다는 표정으로 보며 혀를 찼다.

"너, 고금을 통틀어 절대 바뀌지 않는 진리가 뭔지 알아?"

"뭡니까?"

"약자들은 아무리 모여 봐야 약자라는 거야. 그들은 절대 강자를 이기지 못해."

"어…… 하지만 역사적으로 약자들이 반란에 성공한 사례들도 있지 않습니까? 푸가초프의 난이라거나, 세포이 항쟁 같은 거요."

"그렇네. 약자들이 모여서 강자를 이긴 사례가 있긴 있네. 하지만 명심해. 이건 게임이다."

벌처의 손아귀에 다시 한번 번개의 창이 쥐어졌다.

파지지지직! 쿠웅!

흩뿌린 번개는 거목을 그대로 쓰러뜨렸고, 벌처가 이를 가리키며 말했다.

"현실에서 아무리 싸움을 잘한다고 해도, 한 명이 백 명을 맨손으로 때려잡을 수 있나? 없어. 하지만 게임에서는? 레벨과 아이템 등급이 압도적으로 차이 나고, 재능이 차이 나면 초보자 백 명, 이백 명 정도는 껌이지. 당장 너만 해도 30레벨짜리 마법사 100명이랑 싸우면 질 것 같아?"

"그거야…… 제가 이기죠."

"큭, 그게 내가 게임을 사랑하는 이유지. 실력 지상주의."

벌처는 킥킥거리며 웃더니 턱을 까딱였다.

"알았으면 열심히 레벨 올리고, 아이템 맞출 생각이나 해. 저기 앞에 트리바고나 잡자고."

검은 별 길드원들은 트리바고에게 항시 치명타 판정이 뜨는 화속성 마법을 캐스팅했다.

"자, 깔끔하게 일점사로 가자고."

그들이 가만히 서 있는 트리바고를 향해 공격을 날리기 직전, 가려진 나무 뒤에서 누군가가 아주 천천히 걸어 나와 그 앞을 막아섰다.

"뭐야."

"저 녀석은……?"

벌처를 비롯한 검은 별 파티원들이 고개를 갸웃거렸다.

이곳에서는 만날 수 없다고 생각한 인물이 나무 뒤에서 걸어 나왔기 때문이다.

"……나는 친절히 잘 가르쳐줬다고 생각하는데, 아무래도 배우는 사람 머리가 문제인가 보군."

헛웃음을 흘린 벌처는 제 관자놀이를 톡톡 두드리며 눈앞의 유저, 퓨리마를 쳐다봤다. 불과 30분 전에 엘프의 숲 캠프에서 자신이 공격했던 녀석이다.

물론 그를 공격한 데에 사적인 감정은 눈곱만큼도 없었다.

'단순히 본보기가 필요했지. 따지고 보면 거기 있던 녀석들 전부 서쪽 구역을 침범했으니까.'

벌처는 퓨리마 파티 하나를 박살 내면서 다른 유저들에게도 경고한 것이다.

서쪽 구역으로는 넘어오지 말라고, 이곳은 검은 벌의 영역이라고.

'마스터는 항상 옳아. 그분의 교육에서 말했지. 인간을 지배하는 건 공포라고.'

물론 유저들이 정말 검은 벌 길드를 무서워해서 벌벌 떨지는 않을 것이다. 이건 어디까지나 게임이니까.

'하지만 게임이기에 더욱 두려운 것도 있는 법이지.'

월급을 털어 산 장비, 금쪽같은 시간을 들인 캐릭터.

이것에 집착하는 순간, 일반 유저들은 절대로 세계 10대 길드에 덤벼들지 못한다. 그들은 이 모든 것들을 일방적으로 강탈할 힘을 지니고 있으니까.

"뭐, 다시 찾아온 용기는 제법 높게 평가…… 음?"

인상을 살짝 찌푸린 벌처가 천천히 주변을 둘러보기 시작했다.

'하나, 둘, 셋, 넷……'

나무 뒤에 숨어 있던 이들이 하나씩 나오기 시작했다.

"퓨리마 파티가 전부가 아니라고?"

"……서른하나, 서른둘."

"저거 아까 베이스 캠프에 있던 녀석들 대부분이잖아?"

"이것들이 단체로 미쳤나."

"여긴 우리 검은 벌 길드의 구역이라고 말했을 텐데!"

검은 벌 파티원들이 소리를 지르며 겁을 줬지만, 유저들은 물러서지 않았다. 오히려 무언가를 결심한 표정으로, 곧 다가올 전투를 대비할 뿐이었다.

"……야단났군."

아직 상황 파악을 못 하는 이들과는 달리, 벌처의 인상은 딱딱하게 굳어갔다.

그로부터 30분 전.

엘프 숲의 서쪽으로 향하던 카이가 돌연 몸을 멈추었다.

'……과연 내가 모든 걸 해결하는 게 옳은 일일까?'

그런 생각이 든 이유는 이미 경험이 있었기 때문이다.

'중학교 3학년 때였나.'

그때 같은 반의 친구 하나가 따돌림을 당하기 시작했다.

당연한 말이지만 카이는 이를 가만히 지켜보지 않았다.

'선생님에게 말하고, 가해자 녀석들에게도 주의를 줬지.'

그만두라고. 이미 선생님에게는 신고했고, 계속해서 괴롭힘이 이어지면 경찰에도 신고할 것이라고.

아직 어렸던 그는 그것으로 모든 일이 잘 해결되었다고 생각했다.

착각이었다. 오히려 괴롭힘은 더욱 잦아지고, 심해지고, 교묘해졌다. 결국 몇 주 지나지 않아 따돌림을 당하던 친구는 전학을 가버렸다.

당황한 카이가 그 이유를 묻자, 그가 대답했다.

'내가 신고를 하고 난 뒤부터는, 학교가 끝난 뒤에도 괴롭힘을 당했다고 했지.'

카이는 호의로 그를 도왔지만 결과는 좋지 못했다.

그것이 현재 카이가 행동을 망설이는 이유였다.

스르륵.

결국 검집에 올려져 있던 손에서 힘이 스르르 풀렸다.

"……내가 검은 별 녀석들을 처치해도 변하는 건 없겠지."

언노운과 검은 별이 붙는다는 건 흥미로운 주제다. 오크 로드 토벌대에서 붙었던 적이 있으니, 관심은 뜨거울 수밖에 없다.

아마 가십거리를 좋아하는 유저들은 모두 이번 일을 관심 있게 지켜볼 터.

'하지만 나는 좀 더 근본적인 부분을 바꾸고 싶어.'

만약 언노운의 탈을 쓰고 검은 별과 싸우면, 근본적인 부분을 바꿀 수 없다.

대중들의 시선에는 검은 별과 언노운의 2차전으로밖에 안 보일 테니까.

'그렇다면 해결 방법은?'

카이의 머리가 빠르게 굴러가기 시작했다.

'어설프게 건드리면 이 사건은 유야무야 묻혀.'

세계 10대 길드는 서로를 라이벌이라 지칭하며 밤낮도 안 가리고 싸운다. 하지만 그들도 힘을 합치는 순간이 있다.

'바로 이해관계가 일치할 때, 그리고 서로의 밥그릇이 작아질 것 같은 경우.'

사냥터를 통제하고 갑질하는 건 검은 별만이 아니다.

덩치 있고 힘이 있는 길드라면 어느 곳이나 하는 것.

검은 별의 갑질을 어설프게 찌른다면, 세계 10대 길드도 함께 상대해야 한다. 그리고 그 싸움은 힘겨워질 것이다.

'언론 플레이.'

그들은 본인들이 가장 잘하고, 즐기는 방식으로 싸움에 임할 테니까.

'좀 더 길게 보자.'

카이는 눈을 감고 턱을 어루만졌다.

당장 눈앞의 벌처 파티를 응징하는 게 능사가 아니다. 그 이후에 움직일 검은 별과 세계 10대 길드의 대처까지 모든 계산을 끝내고 움직여야 한다.

거기까지 생각이 미친 카이는 피식 웃었다.

'나도 많이 컸네.'

고등학교 때의 자신이었으면 앞뒤 가리지 않고 녀석들을 응징하겠다고 달려들었을 것이다. 그리고 다시 한번 세상의 쓴맛을 본 뒤 혼자서 분을 삭였을 것이다.

'하지만 이제는 달라.'

훌륭한 판단은 경험에서 비롯된다. 그리고 그 경험은 실수에서 출발한다.

그는 이미 중학생 때 비슷한 경험을 한 번 해본 적 있다.

'그렇다면 이번에는 훌륭한 판단을 보여줄 차례겠지.'

눈을 빛낸 카이는 걸음을 돌렸다.

카이는 곧장 엘프의 숲 베이스 캠프로 돌아갔다. 떠날 때처

럼, 사제복의 후드 모자를 그대로 눌러쓴 상태였다.

"어이, 퓨리마. 오늘은 사냥 못 할 것 같은데, 좀 쉬고 올래? 대신 퀘스트 아이템 모자란 거 있으면 말해. 우리 파티 쪽에서 몇 개 구해줄 테니까."

"그런 일을 당했는데 사냥할 정신이 있겠냐? 우리도 도와줄 테니 오늘은 푹 쉬어."

'다들 착하네.'

퓨리마 파티를 둘러싼 유저들은 위로를 건네고 있었다.

그러던 중 유저 하나가 카이를 발견했다.

"아, 저 사제다. 아까 너희 파티 치료해 준 사람."

그 소식을 들은 퓨리마는 곧장 파티원들을 이끌고 카이에게 다가왔다.

"치료해 주셔서 감사합니다. 좀 더 일찍 인사를 드렸어야 하는데……."

"아까는 너무 화가 나서…… 하늘이 노랗더라고요. 인사가 늦어서 죄송해요."

"답례로 별건 아니지만 트리바고의 재료라도…….

"아뇨, 답례는요. 대신 뭐 하나 여쭤 봐도 되겠습니까?"

"……예, 뭐. 저희가 대답해 드릴 수 있는 거라면 성심성의껏 해드리겠습니다."

퓨리마가 눈을 껌뻑이며 대꾸하자, 카이는 직구를 던졌다.

"만약 오늘 같은 일이 다시 한번 벌어진다면, 그때는 어떻게 하실 생각이십니까?"

"예? 그야……."

퓨리마는 결국 뒷말을 내뱉지 못했다. 같은 상황이 반복되어도, 오늘처럼 가만히 있을 것을 스스로 알기 때문이었다.

"됐습니다. 대답 안 하셔도 돼요."

카이는 아랫입술을 질끈 깨문 퓨리마에게서 등을 돌려, 이번에는 주변의 유저들을 둘러봤다.

'저들은 착한 사람들이야.'

그렇기 때문에 자신의 시간을 쪼개서라도 퓨리마 파티를 도와주고, 위로해 줬을 것이다.

'아마 퓨리마 파티가 상처 입는 걸 원하지 않았겠지.'

그들이 앞으로도 이 게임을 사랑해 주기를, 캠프의 모닥불에서 함께 수다 떨 수 있기를 바랄 것이다.

'그래, 착해. 착하긴 한데…….'

위로나 충고만으로는 아무것도 해결되지 않는다.

'일종의 훈수와도 같은 거야.'

한 걸음 물러서서 조언을 해주고, 손수건을 건네주는 것이 전부일 뿐. 위로와 충고는 문제 자체를 해결할 수는 없다.

'그렇다고 혼자서 무턱대고 행동하는 것도 안 돼.'

자신의 경험과 타인의 경험을 통해서 최대한 정답에 가까운 행동을 도출해 낸다.

카이는 주변을 둘러보며 물었다.

"여러분. 검은 별 길드가 무섭습니까?"

"그야…… 그렇지."

"마음만 먹으면 우리 같은 소규모 파티는 정신병이 생길 때까지 괴롭힐 수 있으니까."

"실력과 자금, 인력, 세력. 모든 걸 갖추고 있는 곳이니 안 무서울 리 없지."

검은 별이 지닌 힘을 재차 실감한 유저들의 표정이 어두워졌다.

"그럼 앞으로도 쭉 당하면서 살겠다는 겁니까?"

카이의 목소리에 힘이 실렸다.

높은 위엄 스탯 때문인지, 그의 목소리는 호소력과 카리스마를 똘똘 뭉쳐놓은 것처럼 들렸다.

"모든 일은 결국 처음 한 번이 어려운 법이죠. 생각해 보세요. 모든 일이 그렇습니다. 하지만 두 번째부터는 쉽고, 세 번째가 되면 숨 쉬듯 자연스럽게 할 수 있잖아요. 검은 별이라고 다르겠습니까?"

"……음?"

처음에는 카이가 무슨 말을 하는지 모르던 유저들이 하나 둘 눈을 빛내기 시작했다. 검은 별 길드에게는 머리를 납작 숙였다지만 이 자리에 있는 유저들은 모두 200레벨 이상.

'기본적으로 재능이 없으면 지금 이 시점에서 200레벨을 넘길 수가 없지.'

빠른 사냥 동선, 더 효율이 좋은 스킬과 장비 세트, 몬스터의 약점이나 패턴 분석 능력. 그 정도는 있어야 이 시기에 200레벨을 넘길 수 있다. 그런 그들이 이렇게 촘촘한 가시가 박힌 말을 못 알아들을 리 없었다.

"딱 한 번의 용기. 그걸 내는 사람들이 많아지면 검은 벌의 횡포도 멈출 수 있습니다."

"하지만 우리는 세력, 레벨 모두 부족한데."

"검은 벌은 마법사 중에서도 실력자만 뽑는 집단이야. 실력과 재능 차이도 상당해."

"우리의 저항은 아무 의미도 없는 행동일 뿐이지."

"의미도 없는 행동이다? 대체 누가 그런 소리를 합니까?"

중학교 3학년 시절. 따돌림을 당하던 친구가 전학을 떠나고, 카이도 저렇게 생각하던 때가 있었다.

'내가 과연 그 친구를 도와준 게 옳은 행동이었을까? 그냥 가만히 있었다면, 괴롭힘도 더 심해지지도 않고 그 아이도 전학 가지 않았을 텐데.'

하지만 그 후회는 친구가 며칠 뒤 보내준 편지를 읽자 깨끗하게 사라졌다.

그때를 떠올린 카이는 확신을 담아 말했다.

"모든 걸 뒤바꿀 힘이 없어도 괜찮습니다. 그게 없더라도 마음만큼은 확실히 전달되니까요."

누군가가 나를 생각해 주고, 응원해 주고 있다는 사실, 그것은 부당함 앞에 놓인 이들에게 무엇보다 큰 힘이 된다.

"그렇지 않습니까?"

"나, 나는……."

카이의 질문에 퓨리마는 당황한 표정을 짓더니, 조용히 고개를 숙였다. 그 모습을 보던 유저들은 저마다 느끼는 바가 있는지 입을 꾹 닫았다.

"물론 그것뿐만이 아닙니다. 검은 별, 녀석들에게도 따끔한 경고가 될 겁니다."

궁쥐에 몰린 쥐는 고양이조차 문다는 경고가 확실히 전해질 것이다.

카이는 숙연해진 주변을 한 차례 돌아보며 외쳤다.

"확실하게 말하지만, 이번에 당한 것이 자신이 아니라고 안심하지 마십시오. 지금 검은 별을 멈추지 않으면, 그들은 이 게임이 끝날 때까지 같은 일을 반복할 겁니다. 지금 우리가 나서지 않는다면, 더욱 강력해진 검은 별을 상대로 누가 나서겠습니까? 아마 그때가 되면……."

나서줄 사람은 아무도 남지 않게 될 것이다.

카이는 뒷말을 삼켰지만, 유저들은 그 뜻을 알아차렸다.

"자, 그럼 어떻게 하시겠습니까."

처음부터 답이 정해진 질문이었다.

원래 한 손으로 열 손을 막을 수는 없다. 물론 미드 온라인에는 이 말을 부정할 만큼 실력을 내뿜는 괴물도 있다.

하지만 벌처는 아직 그런 실력을 갖춘 괴물이 아니었다.

'머릿수가 너무 많아……!'

적의 수는 무려 서른둘!

두 명, 아니, 세 명까지는 혼자도 이길 자신이 있었다. 그러나 자신에게 달라붙은 여덟 명은 죽었다 깨도 무리였다.

퍼어엉!

"크허억!"

에어로 붐이 터지자 벌처의 몸이 뒤로 튕겨 나갔다.

"끄으으윽……."

손톱으로 나뭇잎과 흙을 벅벅 긁은 벌처가 비틀거리면서 일어났다. 동시에 붉게 충혈된 그의 두 눈은 누군가를 찾는 것처럼, 빠르게 전장을 훑었다.

그의 생각에 이 일은 절대 유저들 스스로 벌인 일이 아니었다.

'이 빌어먹을 상황을 일으킨 주동자가 있다. 정체는 둘 중 하나겠지.'

하나는 같은 10대 길드에 속한 랭커.

하지만 이것이 사실일 가능성은 매우 낮았다.

'미친놈이 아니고서야, 제 살을 깎아 먹는 이런 짓을 할 리는 없어.'

그렇다면 남는 것은 하나뿐이다.

"……언더(Under)."

1위부터 10위까지 소위 천상계라 불리는 10대 길드는 당연히 열 개의 길드로 이루어져 있다.

그렇다면 그 밑의 길드들은 어떻게 될까?

'죽은 것처럼 지내던 놈들이 움직이기 시작한 건가!'

세상 사람들의 시선이 오버(Over). 즉 세계 10대 길드를 향하고 있을 때, 그들은 조용히 잔잔한 수면 아래에서 때를 기다려왔다.

10대 길드 중 한 곳이 자멸하거나, 빈틈을 보이기를.

그리고 지금 이 순간.

"커어억!"

"검은 벌 녀석들. 너희는 세계 10대 길드 중에서도 유독 심했어."

"누가 사주했냐고? 그런 건 없어. 우리 스스로 판단하고, 스스로 행동한 거다."

"다만 확실하게 선언한다. 엘프의 숲 사냥터는 누구에게도 통제되지 않는다!"

철옹성 같던 검은 벌의 몸집에, 자그마한 틈이 생겼다.

[속보! 검은 벌, 선전포고 당하다?]

[일반 유저들, 벌처 파티에게 심판을 내리다!]

[검은 벌의 도 넘은 갑질에 분노한 유저들!]

[엘프의 숲은 누구도 통제할 수 없다. 고레벨들의 확고한 입장 발표.]

[10대 길드의 횡포, 이대로 괜찮은가?]

셀 수도 없이 많은 기사가 자극적인 단어를 곁들인 채 정보의 바다에 뿌려졌다. 그리고 그 모든 기사에는 빠지지 않고 공통적으로 들어가는 단어가 있었다.

바로 검은 벌.

쌓여 있던 둑이 터진 것처럼, 혹은 막혀 있던 강이 범람하는 것처럼 검은 벌을 향해 쌓여 있던 일반 유저들의 분노는 이번 사건을 장작 삼아 활화산처럼 폭발해 버렸다.

"주제도 모르는 것들이……."

검은 벌 길드마스터, 스팅은 스산한 눈빛으로 중얼거렸다.

그의 메시지창으로 시시각각 랭커와 길드의 입장 발표에 대한 정보가 날아드는 중이었다.

언뜻 보기에도 상당한 양. 그것이야말로 평소 검은 벌을 곱게 보지 않던 이들이 많다는 증거였다.

'아주 이때다 싶어서 하이에나처럼 몰려드는군.'

하지만 스팅은 짜증은 낼지언정, 화를 내지는 않았다. 오히려 평안한 표정으로 의자 등받이 깊숙이 몸을 파묻었다.

'차라리 잘되었어. 이 기회에 적대적인 녀석들을 싸그리 정리하면 돼.'

그들을 부나방 정도로 치부하고 있었으니까.

다행스럽게도 현재 메시지창으로는 처리해야 할 인물 리스트가 실시간으로 쌓여가고 있었다.

'하지만 그 전에 해결해야 할 일이 있지.'

스팅은 아주 예전에 가입해놓은, 하지만 몇 달이 지나도록 활동을 하지 않은 채팅방을 열었다.

-스팅 : 이번 일에 대해 전할 말이 있다.

바로 10대 길드 마스터 채팅방이었다. 세간에는 그 존재조차 알려지지 않은 아주 비밀스러운 공간이었다.

아무리 경쟁하는 사이라고 하지만, 때때로 손을 잡거나 협의할 일이 생기곤 한다. 이 채팅방은 바로 그때를 위한 장소.

그래서 이곳의 텍스트는 모두 복사, 캡처가 불가능했다.

스팅은 그런 곳에 채팅을 올린 것이다.

답은 즉각적으로 왔다.

-발칸 : 기사는 잘 봤다. 자업자득이더군.

-캐서린 : 저 새끼는 언젠가 이럴 줄 알았어. 떡잎부터 아주 노랬거든. 아주 그냥 병신.

-산드로 : 커뮤니티 메인에 얼굴 커다랗게 잘 박혀 있던데, 포토샵 기술이 많이 발전했더군.

"이 새끼들이 누굴 놀리나……."

스팅은 불난 집에 부채질하는 이들을 쳐다보며 아랫입술을 꽉 깨물었다.

하지만 그것도 잠시, 일그러진 미간을 주무르던 그에게 누군가가 물었다.

-쟈오 린 : 하고 싶다는 말이 뭐지?

-요시아츠 : 용건만 간단히. 바쁘다.

이 채팅 방에 있는 이들은 누구보다 바쁜 몸들이다.

그걸 잘 알고 있기에, 스팅은 말을 짧게 마쳤다.

-스팅 : 이번 일, 끼어들지 말도록. 우리 선에서 알아서 처리할 테니까.

-발칸 : 깨끗해서 좋군. 그렇다면 멀리 떨어져서 지켜보겠다. 하지만 우리에게도 흙탕물이 튀길 시에는…….

-골리앗 : 이쪽도 움직일 수밖에 없지. 같이 죽을 수는 없으니까.

-미네르바 : ……저희도 굳이 끼어들지 않겠어요.

'됐다.'

스팅은 10대 길드에게 도움을 요청하고 싶지 않았다.

'어차피 도움을 줄 새끼들도 아니니까.'

그걸 유추하는 건 쉬웠다.

만약 10대 길드 중 어딘가가 지금의 자신과 같은 상황에 처한다면, 자신은 도와주지 않을 것이다.

'그렇다면 차라리 이렇게 가만히 있는 게 나아.'

스팅은 자신이 있었다.

'다른 10대 길드에서 끼어들지만 않는다면…….'

그 어떤 랭커나 언더 쪽의 길드가 도전장을 내밀어도, 검은 별의 힘만으로 박살 낼 수 있다는 자신이.

"부어라, 마셔라!"

"으하하하하하! 십 년 묵은 체증이 싹 내려가는 것 같네!"

"아까 벌처 새끼 똥 씹은 표정 봤냐? 그걸 스크린샷으로 찍어놨어야 하는데!"

"이제 우리도 베이스 캠프에서 가장 가깝고 몬스터 많은 서쪽 구역에서 사냥할 수 있어."

베이스 캠프에 자리한 유저들은 한창 축배를 들고 있었다.

오늘만큼은 그들 모두가 영웅이었다.

물론 검은 벌의 응징과 보복이 이어질 것을 모두 알고 있었지만, 그들의 얼굴에 후회란 없어 보였다.

'그래. 이게 옳아.'

한 대를 맞으면 한 대를 때려준다. 그 당연한 것을 할 수 있느냐 없느냐가 무시를 당하느냐, 아니냐로 이어진다.

나무 밑동에 기대 유저들을 보던 카이는 고개를 작게 끄덕였다.

'시작은 만족스러워. 10점 만점에 8점 정도?'

이쪽의 인원이 조금 더 많고, 검은 벌의 핵심 간부를 자를 수 있었다면 금상첨화였을 것이다.

하지만 엘프의 숲을 찾는 이들이 많지 않아 불가능했다.

'이곳의 주 사냥감인 트리바고는 마법사가 아니면 상대하기 까다로우니까.'

물리 공격에 상당한 저항이 있으며 체력 재생력도 높다.

화속성 공격 수단이 있다면 모를까, 아니라면 이곳에서 사냥하는 것은 비효율적이었다.

'200레벨이 넘는 유저들이니, 효율을 먼저 찾는 게 당연하지.'

그럼에도 불구하고 유저들이 이곳을 끊임없이 방문하고, 파티를 꾸려 탐색하는 이유는 간단했다.

'이곳이 엘프의 숲이니까.'

엘프, 판타지 소설이나 영화 속에서만 나오던 신비로운 종족. 그들의 마을을 제 손으로 찾고, 누구보다 먼저 발을 들여보고 싶다는 순수한 탐험 욕구. 그것이 수많은 고레벨 유저들을 이 장소로 찾아오게 했다.

'뭐, 별로 성과가 있는 것 같지는 않지만.'

마을로 향하는 지도를 가진 자신과는 다르게, 저들은 맨땅에 헤딩해야 한다. 그것도 트리바고처럼 까다로운 몬스터를 상대해 가면서 말이다.

'그래서 그런지 생각보다 내 말에 잘 따라줬어.'

이 자리에 있는 이들은 단순히 레벨을 올리는 데만 목숨을 건 이들이 아니다.

자신들이 좇는, 판타지적 로망을 실현하고 싶어 하는 게이머들. 그래서 카이가 그들의 마음속 불만을 건드리자, 터져 버린 것이다.

카이는 이 상황을 상당히 긍정적으로 받아들였다.

'검은 별 이미지는 원래 10대 길드 중에서도 밑바닥을 나돌고 있었어.'

그러던 차에 이번 사건이 터졌고, 검은 별의 이미지는 몇 시간 만에 바닥으로 떨어졌다.

"아니, 바닥도 아니지."

사람들은 항상 밑바닥이 끝이라고 생각한다, 그 밑에 도사리고 있는 지하를 보기 전까지는.

'이제 검은 별은 끝났어. 이 악당, 쓰레기 이미지는 죽었다 깨어나도 복구 못 해.'

카이는 커뮤니티를 둘러보며 확신했다.

수십 개의 언더 길드와 수백 명의 랭커들이 검은 별의 횡포를 비난하는 데 앞장섰다. 당연한 말이지만 랭킹과는 연관이 없는 일반 유저들의 반응은 더욱 뜨거웠다.

'이걸 복구하면 그때는 엎드려서 절을 해주마.'

카이가 혼자서 피식거리며 웃자, 유저들이 다가와서 음식을 권했다.

"거, 좋은 날에 뭘 혼자 중얼거리고 있어?"

"당신 사제야. 여기 이쪽의 네크로맨서 같은 존재가 아니라고."

"너 지금 네크로맨서 무시하냐?"

“아니, 널 무시한 건데.”

결국 카이는 그들의 손에 이끌려 음식을 마시고, 음료를 목구멍으로 퍼부으며 축제 분위기를 만끽했다.

아무리 마셔도 취하지 않는 것이 미드 온라인의 음료!

‘이런 걸 보면 요즘 회식을 미드 온라인에서 한다는 게 이해가 된다니까.’

돈도 싸게 먹히고, 현실에서보다 3배는 더 오래 마시고 먹을 수 있다. 심지어 다음 날 숙취까지 없음!

그것이 수많은 부장님을 미드 온라인에 끌어들일 수 있었던 이유였다.

“후우, 그나저나 걱정이네요. 검은 별, 어떻게 나올까요?”

“뭘 어떻게 나와? 지들이 잘못한 건데. 아마 사과하지 않을까?”

“게네가요? 10대 길드 중 하나인데? 에이, 설마…….”

“아니, 현실을 봐. 지금 언더 쪽 애들이랑 랭커들이 신나게 때리고 있잖아. 아무리 검은 별이라지만 그 녀석들을 싹 다 무시하면서 게임할 수 있겠어? 못 하지.”

우연히 대화를 듣던 카이가 고개를 돌렸다.

‘검은 별이 그들을 싸그리 무시하면서 게임할 수 있냐고?’

물론 없다. 아무리 검은 별의 힘이 강력하고, 길드원들의 수준이 높다지만 한 손으로 열 손을 감당할 수 없다는 건 이번 사건이 증명했다.

'한마디로 검은 벌로서는 제법 심각한 상황이라는 소리지.'

그들에게 이번 사건은 단순히 스치는 미풍이 아니다. 10대 길드로의 위치와 입지를 뒤흔들 수 있는 태풍이다.

수많은 유저와 길드는 검은 벌을 10대 길드 중 하나로 인정하지 않겠다는 뜻을 내보였으니까.

'검은 벌이 과연 이 태풍을 헤쳐 나올 수 있을까?'

빠르게 돌아간 카이의 머리는 순식간에 답을 도출했다.

'……방법은 딱 하나 있어.'

바로 진정한 악당이 되는 것이다.

'어차피 검은 벌 입장에서는 손해 볼 것도 없지.'

이미 그들의 이미지는 쓰레기통에 골인, 쓰레기차에 실려 매립지에 처박힌 상태니까.

'……바로 자신들에게 반대하는 이들을 모조리 때려잡고, 공포로 군림하는 것.'

만약 이것이 가능하다면 검은 벌은 10대 길드의 일좌로서 지금의 위치를 고수해 나갈 수 있다.

그들에게 반대한다는 건 곧 죽음을 의미하는 것이니까.

"에이, 그래도 설마……."

카이가 애써 그 상황을 부정하고 있을 때, 누군가가 소리쳤다.

"이런 미친! 검은 벌이 미쳤어!"

"랭커, 길드, 가리지 않고 필드에서 보는 족족 결투 신청 걸고 다닌대!"

"비록 PK는 아니지만……."

"그래서 더 무섭다는데? 수락할 때까지 쫓아다니면서 결투 신청을 걸고, 몬스터도 스틸한대."

"지들이 뭐 숟가락 살인마야? 소름 돋네."

"그것 때문에 지금 다들 소신 발표한 댓글이나 게시글 지운다고 난리 났어."

"끄응, 그럼 일반 유저들이랑 개인으로 활동하는 랭커들은 싹 다 입을 다물겠군."

"젠장, 질긴 녀석들! 다 끝난 상황에서 이런 수를 펼치다니……."

아쉬움과 투덜거림, 그리고 불안함이 엿보이는 얼굴.

그들을 가만히 쳐다보던 카이는 조용히 자리를 떠났다.

"내가 시작했으니, 마무리도 내가 해야겠지."

그는 곧장 연락처 하나를 찾아냈다.

"어떻게 하실 거예요? 아가씨, 제발 대답 좀!"

보이드는 집무실의 소파에 앉은 채, 집무실을 돌아다니는 설은영을 쳐다보며 물었다.

이 질문만 벌써 10번째. 그럼에도 불구하고 그녀는 팔짱을 낀 채, 한 손으로는 턱을 괴며 고민을 이어갔다.

'어떻게 하지?'

고민이 되는 것이 사실이다.

은연중에 한국에서 제일 강하고, 거대하다고 일컬어지는 천화 길드. 지난번에는 베이거스 레이드까지 성공시키며 세계무대에 그 이름 두 글자를 확실히 알렸다.

'하지만 우리에겐 아직…….'

압도적인 실력을 지닌 인물이 없다. 그것은 설은영이 항상 인재에 목말라 있는 이유이기도 했다.

'베이거스 레이드 때도 우리끼리 단독으로 진행했다면 실패할 가능성이 매우 컸어.'

그때는 유하린의 도움을 받았다.

일각에서는 천화가 레이드를 성공시킨게 아니라, 유하린이 레이드를 성공시킨 게 아니냐며 놀릴 정도.

'믿을 만한 에이스가 없어.'

설은영은 길드 자체를 대표하는 에이스의 부재를 뼈저리게 느꼈다.

보통 10대 길드 에이스는 마스터들이다.

하지만 천화의 마스터인 설은영은 철저한 지휘관 타입.

'내가 에이스가 될 수는 없어.'

그녀의 시선이 슬쩍 보이드에게 향했다.

그리고 이어지는 한숨.

"뭐, 뭐예요. 지금 아가씨 굉장히 실례되는 생각 한 거 아니에요?"

"시끄러워, 쓸모없는 녀석."

가볍게 보이드의 불만을 잠재운 그녀는 힘없이 의자에 앉았다.

'지금 상황에서 검은 벌에게 선전포고하고, 그들을 힘으로 꺾을 수만 있다면…….'

10대 길드의 한 자리를 차지하는 것도 무리는 아니다.

아니, 거의 확정이라고 봐도 무방하다. 천화 길드는 언더 중에서도 최상위권이었으니까.

"후우, 어쩔 수 없어. 아직은 준비가 많이 부족해. 우리도 이번에는 빠진……."

설은영이 한숨을 내쉬며 말을 이어가던 찰나, 그녀의 메시지창이 울렸다.

-커뮤니티 쪽지 보고 연락드립니다.

언노운으로부터 도착한 메시지였다. 카이가 설은영의 메시지 주소를 알아내는 건 그리 어려운 일이 아니었다.

이미 그의 커뮤니티 계정에는 천화 길드의 스카웃 메시지가 몇 개나 도착한 상태였으니까.

'……설마 3천만 원을 후원했던 사람이 설은영이었을 줄이야.'

나름 충격. 분명 보이지 않는 곳에서 자신을 묵묵히 응원하는 은퇴한 60대 할아버지라고 생각했거늘!

'뭐, 오히려 잘된 건가.'

지금부터 나눠야 할 대화는 천화 쪽에서 자신에게 관심이 없으면 성사될 리가 없으니까.

띠링!

카이가 메시지를 보낸 지 몇 분 지나지 않아, 누군가가 채팅방에 들어왔다.

['설은영' 님이 채팅방에 입장하셨습니다.]

설은영이었다.

-언노운 : 반갑습니다.

-설은영 : 네.

카이는 말을 돌리지 않고 곧장 본론으로 들어갔다.

-언노운 : 연락을 드린 건 다름이 아니고, 이번 사건에 대해 제안할 게 있어서입니다.

-설은영 : 이번 사건? 혹시 검은 별에 관한 이야기인가요?

-언노운 : 예. 천화 정도의 길드라면 이 사건을 관심 있게 지켜볼 것 같은데, 아닙니까?

그녀는 잠시 생각 중인지 대답은 10초 정도가 지난 뒤에야 흘러나왔다.

-설은영 : 관심은 있지만, 지켜만 볼 생각이에요.

"음?"

채팅을 읽던 카이가 순간적으로 눈을 깜빡였다.

'천화 정도라면 검은 별에게 도전할 만한데…… 왜지?'

카이의 질문은 고스란히 채팅방 위에 올라갔다.

-언노운 : 의외군요. 천화 정도라면 검은 별과 자웅을 겨뤄도 손색없을 거라 생각했는데.

-설은영 : 천화는 강해요. 하지만…… 검은 별도 강하죠.

사실이다. 인성이 어떠니, 이미지가 어떠니 백날을 떠들어봤자, 검은 벌은 스팅을 포함한 마법사 랭커들이 즐비하게 들어서 있는 길드다.

-설은영 : 확실히 검은 벌을 뒤흔들려면 지금이 제격이에요. 길드를 대표해서 그들을 압도적으로 박살 내줄 사람이 있다면요.

'역시 인재 부족인가.'

카이는 저도 모르게 고개를 끄덕였다.

천화 길드는 항상 최고만을 고집해왔다. 당연히 길드에 가입한 대다수 길드원의 레벨과 실력이 상당한 수준.

'하지만 상당하다는 건…… 때에 따라선 애매해지지.'

게임에서의 실력은 상대적일 수밖에 없다. 천화 길드원들의 수준도 낮지 않았지만, 10대 길드 중 한 곳인 검은 벌의 마법사들과 비교하면 약간 모자란 것이 사실이다.

'자, 그럼 슬슬 배팅을 걸어볼까.'

눈을 빛낸 카이의 손이 빠르게 가상 키보드를 두드렸다.

-언노운 : 그렇군요. 사실 이쪽의 제안도 그것과 관련되어 있습니다.

-설은영 : 용병인가요?

눈치빠른 그녀는 단번에 카이의 용무를 파악했다.

'역시 설은영…… 아니, 유하린이라는 선례가 있어서인가.'

천화의 용병이 되어 검은 별을 박살 낸다!

사실 카이가 이와 같은 방법을 떠올린 것은 모두 유하린 덕분이었다.

'그녀도 천화의 용병이 되어 베이거스를 처치했지.'

레이드 후 유하린과 천화는 쿨하게 갈라섰다.

그 부분이 카이의 마음을 사로잡았다.

귀찮고 끈질기게 하는 건 사양이었으니까.

-언노운 : 예. 용병 제안입니다.

-설은영 : 기간은?

-언노운 : 검은 별을 10대 길드에서 끌어내리는 순간까지.

…….

잠시 말이 없던 그녀는 조심스럽게 질문했다.

-설은영 : 이런 제안이라면 저야 환영이지만…… 이유가 궁금하네요. 대체 왜 이렇게까지 하는거죠?

-언노운 : 검은 별과 제 사이가 안 좋은 건 유명한 것 아닙니까?

-설은영 : 오크 로드 때의 사건을 이야기하는 거라면, 솔직히 검은

벌은 크게 신경을 쓰지 않을 거예요.

그녀의 말이 틀린 건 아니었다.

사실 검은 벌 입장에서는 아무리 자신들이 키우는 루키라고 해도, 고작 80레벨의 파티가 전멸한 것이 전부인 사소한 해프닝이다.

'나한테 본격적으로 척살령을 내리지 않은 이유도 그것 때문이겠지.'

그저 사냥터에서 마주치면 죽일 만한 녀석. 검은 벌은 자신을 그런 식으로 생각하고 있을 것이다.

개인과 단체라는 크나큰 갭이 둘 사이에 존재하니까.

'그런데 이걸 왜 나한테 알려주는 거지?'

카이는 문득 새삼스럽다는 표정으로 채팅방을 쳐다봤다.

설은영의 입장에서는 그냥 모르는 척 자신의 제안을 받아들이기만 하면 되었을 것이다. 그 편이 상황을 더 수월하게 풀어갈 방법이 되었을 터.

타다다닥.

카이의 손이 빨라졌다.

-언노운 : 개인적인 이유입니다. 검은 벌의 양아치 짓이 마음에 안 들어서요. 그런데 이런 얘기를 저한테 해주시면 오히려 손해 아닙니까?

-설은영 : 용병 계약을 해놓고 나중에 그쪽에서 발을 빼면 내가 곤란해져요. 처음부터 확실하게, 끝까지 마무리 지어줄 사람 아니면 난 같이 일 안 해요.

"호오."

그녀의 똑 부러지는 태도에 카이는 살짝 감탄한 표정을 지었다.

'대단한 여자야. 괜히 여왕이라고 불리는 게 아니네.'

잠시 고민을 이어가던 카이가 고개를 끄덕였다.

-언노운 : 계약합시다.

카이가 천화 길드와 맺은 계약은 간단했다.

1. 이 계약은 검은 별이 10대 길드의 자리에서 내려오는 순간 해지된다.

2. 언노운은 검은 별이 10대 길드의 자리에서 내려오기 전까지, 천화의 이름을 달고 그들과 대적한다.

3. 천화에서는 언노운이 처치한 검은 별 길드원의 수당 5골

드를 지급한다.

4. 언노운이 처치한 검은 벌 길드원들이 떨어뜨린 장비의 소유권은 언노운에게 있다.

5. 언노운은 선금으로 1,500골드를 받으며, 천화가 10대 길드의 자리에 들어선다면 1,000골드를 더 받는다.

카이의 입장에서 의욕이 날 수밖에 없는 내용이었다.

'개인적인 복수도 하면서, 일만 잘 풀리면 2,500골드!'

그것도 처치한 적을 제외한 돈만 2,500골드다. 현재의 시세대로라면 2억 5천짜리 계약.

'이걸 보면 확실히 내 몸값이 올랐다는 게 실감이 되네.'

아마 아오사와의 전투 이전에 계약을 맺었다면, 이 조건의 반의반도 따내지 못했을 것이다.

카이는 그 부분에 절대적인 확신이 있었다.

'설은영은 그날 화이트홀까지 와서 허탕을 쳤지.'

게다가 이미 죽었음에도 위엄을 뿜어내는 아오사의 커다란 시체를 확인했다. 당연히 녀석을 솔플로 해치운 자신에 대한 관심이 커졌을 수밖에 없다.

'오케이. 내 인생 순항 중.'

설은영과의 구두계약이 끝나자 천화는 발 빠르게 유명한 게임 기자들을 매수했다. 그들은 마치 언노운의 천화 합류를 자신들이 알아낸 특종마냥 대서특필하기 시작했다.

[특종! 언노운, 천화에 용병으로 가담하다.]

[검은 별, 게 섯거라! 턱밑까지 추격한 천 송이의 꽃.]

[유하린에 이어 언노운까지. 천화의 영업력, 그 끝이 어디인가?]

[언노운의 용병 계약으로 발등에 불이 떨어진 검은 별. 과연 그들의 대처는?]

[본격적으로 10대 길드 자리에 도전한 천화. 과연 그들의 전력은 어느 정도인가?]

커뮤니티는 다시 한번 난리가 났지만, 카이는 그 반응을 보지 않고 인터넷 창을 종료했다. 손님이 나타났기 때문이다.

"저희가 늦었나요."

"별로. 약속 시간은 아직 5분 남았으니까요."

설은영은 워킹이라도 하듯 쭉 뻗은 다리를 시원하게 내디디며 다가왔다. 평소처럼 시크한 표정이었지만, 그녀를 자주 보아온 사람이라면 지금 그녀가 얼마나 흥분한 상태인지를 쉽게 알 수 있을 것이다.

"우리 아가씨, 오늘 되게 기분 좋아 보이시네."

마침 이 자리에도 그녀의 상태를 꿰뚫어 볼 수 있는 사람이 한 명 있었다.

그는 카이를 보더니 길거리에서 연예인과 마주친 사람처럼 들뜬 표정을 지었다.

"우와, 진짜 언노운이잖아! 저 사인 하나 받아가도 돼요?"

카이는 목소리의 주인을 가만히 쳐다보았다.

'보이드.'

마법사 랭킹 14위. 천화의 대표적인 유저.

에이스라고 불리기에는 다소 손색이 있었지만, 그가 없었다면 지금의 천화도 없었을 것이다.

카이는 천천히 고개를 끄덕였다.

"사인은 없지만, 원하신다면 해드리죠."

"신난다, 아자!"

"시끄러워."

한 차례 보이드를 흘긴 설은영은 가만히 언노운을 쳐다보더니 인벤토리에서 무언가를 꺼냈다.

"확인해봐요."

"그럼 잠시 실례를."

그녀가 카이에게 건넨 아이템은 두 개였다.

하나는 선금인 1,500골드가 들어 있는 골드 주머니. 그리고 다른 하나는 장비에 붙일 천화 길드의 엠블렘이었다.

"혹시나 해서 여쭙는데, 이거 한 번 붙이면……."

"어느 도시, 어느 마을의 대장간에 가도 쉽게 제거할 수 있으니 걱정 말아요."

"다행이네요."

카이가 이것은 계약이라는 것을 다시 한번 상기시키자 설은영이 샐쭉한 표정을 지었다.

하지만 그것도 잠시, 카이가 엠블렘을 제 왼쪽 가슴에 붙이자 그녀의 입꼬리가 올라갔다.

약간 감동마저 먹은 얼굴.

그녀가 잠시 손을 들어 카이를 멈춰 세웠다.

"잠시만요. 스크린샷 좀……."

"……."

찰칵, 찰칵.

기분 좋게 촬영을 마친 설은영은 여전히 미소를 지은 채 말했다.

"보기 좋네요."

"예?"

"잘 어울려요."

"아, 예……."

카이는 뭐라고 쉽게 반응할 수 없는 그녀의 칭찬에 가만히 고개만 끄덕였다.

"이제 제 차례! 사인해 주세요!"

"……."

사람을 정신없게 만드는 페어에게 시달린 카이는 적당히 사인을 해준 뒤 서둘러 떠날 채비를 했다.

"일은 언제부터 시작하면 됩니까?"

"계약은 선금을 지급한 순간부터 효력을 발휘해요. 그러니 지금부터 아무 때나 본인이 원하실 때 일을 하세요."

"그거 좋네요."

자신이 원하는 때 일을 한다. 이것보다 편한 것은 없다.

"그럼 이만."

카이가 떠나려 할 때, 보이드가 그를 불러 세웠다.

"잠깐만요. 할 말이 있는데."

"……?"

카이가 몸을 돌리며 쳐다보자 그는 방긋방긋 웃으며 입을 열었다.

"혹시 검은 벌에 속한 마도사, 상대해 보신 적 있습니까?"

"……한 번은."

사실은 두 번이다. 한 번은 오크 로드 토벌대에서, 다른 한 번은 불과 몇 시간 전, 언노운이 아닌 사제 카이의 모습으로 상대해 봤다.

"아아. 클라드였나요. 확실히 끼가 보이는 친구였죠. 그래서 검은 벌에서도 작정하고 밀어주던 루키였고. 그런데…… 저는 마법사가 아니라, 마도사를 상대해 본 적 있냐고 질문했습니다만.”

마도사. 200레벨이 넘은 마법사가 직업 퀘스트를 통해 획득하는 칭호다.

“하고 싶은 말이 뭡니까?”

“피차 말 질질 끌기 싫어하는 성격 같으니 직설적으로 말하죠. 당신한테 관심 있습니다.”

“……!”

카이는 전신에 닭살이 돋는 것을 느끼며 황급히 뒤로 몇 걸음을 물러섰다. 심지어 보이드의 옆에 있던 설은영조차 경멸스러운 표정으로 보이드를 흘겼다.

“에, 엥? 아니 분위기가 왜 이래요?”

보이드는 갑자기 싸해진 분위기에 당황하더니 이내 손사래를 쳤다.

“아니, 대체 무슨 오해들을 하는 겁니까! 그냥 마법사로서 흥미가 있다는 말입니다!”

“……그건 무슨 뜻입니까?”

“한 사람의 마법사이자 천화 길드의 마법병단 단장으로서 당신과 대련을 해보고 싶다는 뜻입니다.”

갑자기 게이가, 아니, 보이드가 진중한 눈빛으로 말했다.

자신의 실력을 시험해 보고 싶다는 뜻이다.

‘……하긴, 이해가 안 가는 건 아니지.’

누구든 새로운 칼을 손에 넣으면 휘둘러보고 싶게 마련이니까. 그 마음은 설은영도 마찬가지인지, 그녀도 굳이 보이드의 무례를 말리지는 않았다.

"뭐, 이건 계약 내용에 없던 조건이지만……."

카이가 거만하게 고개를 끄덕였다.

"서비스 정도로 생각하죠."

"시원시원하시네요."

눈을 빛낸 보이드의 양손이 아주 자연스럽게 각기 다른 마법들을 캐스팅했다.

"그럼 가겠습니다."

보이드와 카이의 대련은 예고조차 없이 이루어졌다.

물론 그건 카이의 입장에서였다.

보이드는 이 자리에 오던 순간부터 대련을 신청하겠다고 생각하고 있었으니까.

"……하."

그래서 보이드는 이 상황을 이해할 수 없었다.

'어떻게 준비도 없이 랭킹 14위의 마도사랑 붙었는데 이런 결과가 나오지……?'

결과는 언노운의 압도적인 승리였다.

보이드는 대련의 시작부터 끝까지 단 한 번의 치명타도 꽂아 넣지 못했다. 심지어 운 좋게 적중시킨 자신의 마법이 별다른 대미지를 못 입히는 것에는 충격마저 느꼈다.

'마법사와 극상성이다. 대체 마법 방어력이 몇이야?'

툭, 툭.

자리에서 일어나며 몸에 묻은 흙을 털어낸 보이드는 떠나가는 언노운의 뒷모습을 바라봤다.

그는 설은영에게 고개를 돌리며 물었다.

"아가씨. 몇 분 걸렸습니까?"

"4분."

"……14분이요?"

"4분."

"아! 혹시 대련이 너무 흥미진진해서 4분처럼 짧게 느껴졌다, 뭐 그런 소리인가요?"

"아니, 그냥 4분."

"……."

랭킹 14위의 마도사가 일방적인 패배를 당하는데 걸리는 시간은 고작 4분. 보이드는 참담한 심정을 느꼈지만, 이내 헤실헤실 웃기 시작했다.

"미친 거야?"

"아뇨."

"그런데 왜 웃어. 져놓고. 뭘 잘했다고."

"그야…… 기대되지 않으세요?"

보이드는 홀가분한 기분으로 머리를 쓸어 넘기더니 씨익, 장난스러운 미소를 지었다.

"검은 벌 놈들. 대체 어떤 표정을 지을지 저는 벌써 기대되네요."

44장
천적

"……"

보이드와의 대련 후, 길을 걸어가던 카이는 슬쩍 뒤를 돌아봤다. 설은영과 보이드가 시야에 잡히지 않는 것을 확인한 후에야 참아왔던 숨을 뱉어냈다.

"후아, 위험했다."

이어서 제 옆구리를 문지르는 그는 조금 전의 대련을 떠올렸다.

'역시 게임에서 레벨은 무시할 수 없구나. 완전 깡패잖아?'

현재 카이의 마법 방어력은 매우 높았다. 빈말이 아니라, 미드 온라인에서 최소 백 명 안에는 들어갈 자신이 있었다.

그러나 그런 비정상적인 마법 방어력마저도 마법사 랭킹 14위인 보이드의 마법을 완벽하게 막아낼 수는 없었다.

'이런 기회는 흔치 않으니 가능하면 조금 더 오랫동안 대련하고 싶었지만…….'

시간이 더 흐르면 버티지 못할 것 같다는 생각이 들었다. 그 때문에 신성 폭발까지 사용하며 그의 허를 찔렀고, 단숨에 대련을 끝내 버린 것이다.

'아마 보이드에게 조금의 시간만 더 내줬으면, 신성 폭발의 속도에 적응했을 거야.'

그랬다면 지는 쪽은 카이였을 것이다. 사실 당연했다.

아무리 카이의 스탯이 말도 안 되게 높다지만, 보이드와 그의 레벨 차이는 100이 넘었으니까.

'……내가 졌으면 난리 날 뻔했어.'

용병으로 천화와 계약한 카이의 입장에선 매우 좋지 못한 일이었다. 그 어떤 고용주도 자신이 거금을 들여 구매한 용병이 무능하다는 것을 반기지 않을 테니까.

카이는 답답한 마음에 뒷머리를 긁적였다.

"쩝. 보이드를 상대로 이렇게 고전한다는 말은……."

검은 별 소속 마법사들을 상대로도 마찬가지라는 소리다.

'그중에서도 스팅이라면 더더욱 힘들겠지.'

검은 별의 마스터인 스팅은 인성 문제로 자주 구설수에 오르지만 실력만큼은 확실하다.

'누가 뭐라 해도 마법사 랭킹 3위 자리는 딱지치기로 얻을

수 있는 게 아니니까.'

카이는 잠시 걸음을 멈추고 고민했다.

'지금 스팅과 싸우면 질 가능성이 훨씬 높아.'

카이는 그 사실을 담담하게 인정했다. 동시에 자신에게 대련을 신청한 보이드에게 고마운 감정을 느꼈다.

'그의 말이 맞아. 나는 마도사와의 대련 경험이 부족했어.'

보이드는 그 사실을 알고 있었고, 이에 대한 경고를 해주기 위해 대련을 신청한 것이다.

마도사를 우습게보지 말라고, 쉬운 존재들이 아니라고.

'내가 지닌 마법 방어력이면 마법사 상대로는 지극히 유리한 게 사실이야.'

하지만 200레벨 이상의 마도사들. 그중에서도 상위 랭커들을 상대로는 아직 부족했다.

"그럼 뭐, 준비해야지."

여태까지 그래왔던 것처럼 철두철미하게.

카이는 엘프의 숲 안쪽으로 들어가 검은 벌을 상대하는 대신, 발걸음을 돌렸다.

그의 신형은 순식간에 엘프의 숲을 떠나갔다.

엘프의 숲 사건이 터진 후, 검은 벌은 잠정적으로 모든 대외 활동을 중지했다.

사실 이것만으로도 굉장한 결단이었고, 손해였다. 다른 10대 길드가 계속 앞으로 나아갈 때 그들은 제자리걸음을 해야 했으니까.

뿌드득.

그것이 스팅의 기분을 바닥까지 끌어내렸다. 그의 얼굴이 세상에서 가장 기분 더러운 사람으로 보이는 이유이기도 했다.

"이 빚은 아주 톡톡히 받아내겠다. 이번 일에 연관된 놈들, 싹 다 박살 내주지."

게다가 그의 심기를 거스르는 일은 그것만이 아니었다.

'그리고 뭐? 천화? 평소에는 신경도 쓰지 않던 언더의 버러지들이…… 감히 나에게 도전을 해?'

자신은 신경조차 쓰지 않건만, 이미 커뮤니티의 유저들은 둘의 전력을 열심히 비교하는 중이었다.

스팅은 거기서 더욱 열을 받았다.

왜냐하면 그들의 비교 분석표는 말도 안 되었으니까.

"이 멍청한 새끼들! 검은 벌을 뭐로 보고! 정예 전투원이 나서면 천화 따위는 하루 만에 모두 쓸어버릴 수 있다!"

신경질적으로 인터넷 창을 꺼버린 그는 길드 채팅을 통해 명령했다.

-검은 별을 적대하는 모든 길드, 유저, 랭커. 구분하지 말고 모두 짓밟아라!

아주 단순한 명령!

하지만 그 말의 무게는 가볍지 않았다.

"기본 원칙은 결투 신청이라고 했지?"

"어, 이미지 때문이지. 하지만 그중에서 끝까지 발악하는 놈이 있다면……."

"그냥 PK하라 이거지? 오케이."

"그리고 천화 쪽 애들이랑 엘프의 숲에 있던 놈들은 같이 다니는 파티원까지 모조리 척살."

"단순해서 좋네."

검은 별 500마리가 세상에 풀려났다.

그로부터 일주일이 흘렀다. 검은 별 문제로 떠들썩하던 커뮤니티는 생각보다 잠잠한 상태였다.

하지만 그건 자의가 아닌, 타의에 의한 결과였다.

'꿀꺽, 미친놈들. 말 안 들으면 PK까지 저지르잖아?'

'이럴 땐 쥐 죽은 듯 지내는 게 제일이지.'

'다른 10대 길드에서는 끼어들지 않는 건가?'

'이 새끼들, 뭔가 받아 쳐먹었네. 쳐먹었어.'

'엘프의 숲 해방군 녀석들만 불쌍하게 되었군.'

검은 별의 압도적인 힘. 그리고 휘두르는 폭력!

그 앞에 모두 숨을 죽이고 몸을 바짝 낮춘 것이었다. 그만큼 검은 별이 행한 일은 파격적이었고, 충격적이었다.

서른 개의 일반 길드가 그들에게 해체당했으며, 두 개의 언더 길드가 무릎 꿇었다.

그 과정에서 죽어나간 랭커와 유저들의 수는 헤아리는 것이 무의미할 지경!

상황이 이 지경까지 오자, 사람들은 생각했다.

'쩝. 결국 10대 길드 자리는 검은 별 놈들이 사수하겠네.'

'천화 녀석들 초반에는 잘 싸우더니, 요즘 계속 밀리는데?'

'소식을 들어보니 아예 엘프의 숲에 포위된 것 같던데…….'

'언노운을 영입했다더니, 어째 이 상황이 될 때까지 코빼기도 안 보이지?'

천화 길드는 엘프의 숲 해방군과 함께 손을 잡고, 검은 별에 대항했다. 하지만 확실히 검은 별의 전력은 천화보다 강력했다.

여태까지는 설은영의 지휘와 전술로 큰 피해를 입지 않고 있었지만, 그마저도 한계였다.

"아카시아 2팀, 검은 벌 파티와 조우했습니다!"

"젠장! 마법사 랭킹 11위, 돌풍의 키라엘 발견!"

"검은 벌 새끼들, 아예 작정하고 포위망을 형성했어."

"여기도, 저기도 전부 벌 새끼들 천지라고!"

위기를 기회로 스팅은 그 말을 행동으로 보여주었다.

더러운 성질머리 아래에 숨겨져 있던 그의 놀라운 지휘 능력이 세상에 드러낸 것이다.

-와, 이걸 스팅이?

-단순히 성질 더러운 새끼인 줄 알았는데, 지휘도 잘하는 성질 더러운 새끼였네.

-설은영이랑 지휘 스타일 상당히 다르긴 한데, 이것도 나쁘진 않은 듯.

그의 평가가 다시 한번 상승했음은 두말할 것도 없었다. 그만큼 스팅은 평소 자신을 고깝게 보던 이들도 인정할 수밖에 없는 지휘를 보여주었다.

"크크큭. 멍청한 새끼들. 애초에 머리가 나쁜데 마법사 랭킹 3위를 할 수 있다고 생각한 건가."

"역시 마스터십니다."

"세상 사람들이 여태까지 설은영을 최고의 지휘관이라 부르는걸 보고 심기가 불편했는데, 이번 기회에 마스터의 능력이 공개되어서 기쁩니다."

검은 벌의 수뇌부는 자신들의 승리를 확신했다. 그건 현재 상황을 아는 이라면 모두가 그렇게 생각하고 있었다.

"어디 한 번 볼까……."

엘프의 숲 서쪽 구역. 검은 벌의 작전 지휘 본부.

숲과 어울리지 않는 호화스러운 소파에 앉아 있는 스팅이 콧노래를 흥얼거리며 지도를 훑었다.

"녀석들을 숲의 중앙으로 모는 것은 성공했고. 포위망은 명령대로 단단히 형성했겠지?"

"예. 천화와 해방군 놈들은 이제 단체로 로그아웃 하거나 마을 귀환 주문서를 사용해서 도망치지 않는 한, 절대로 빠져나갈 수 없습니다."

"크큭. 오히려 도망쳐 주면 고맙지."

"그러게 말입니다. 겁쟁이라는 칭호와 함께 저희의 승리를 공고히 다질 수 있을 겁니다."

"후후."

스팅은 만족스러운 표정을 지으며 고개를 끄덕였다.

"암. 검은 벌의 위상이라면 이 정도는 되어야지."

그의 지도에는 치열한 전투 끝에 살아남은 200마리의 벌들이 떠올라 있었다.

'천화 놈들. 그래도 언더 중에서는 그나마 쓸 만하다더니, 이름값은 하는군.'

설마 자신의 길드원들을 300명이나 처리할 줄이야.

적이지만 설은영의 지휘 전술은 인정하지 않을 수 없었다.

"하지만 그 명성도 오늘부로 끝이다."

길드 채팅을 활성화한 스팅이 느긋하게 명령했다.

-포위망을 좁혀라. 발견하는 적들을 모조리 처치하고, 설은영은 살려서 데려오도록.

패장에게 걸맞은 죽음을 직접 내려줄 생각이었다.

명령이 떨어지자 길드원들이 일제히 움직이기 시작했다.

스팅은 그 모습을 보며 짜릿한 쾌감을 느꼈다.

'손짓 하나로 이런 일을 해낼 수 있다니. 역시 나의 길드는 최고다.'

자신이 심혈을 기울여 만들어놓은 검은 벌은 세계에서 10손가락 안에 드는 세력이 되었다. 덕분에 이제 그는 길드원들이 적을 해치우는 것을 지도상으로도 확인할 수 있었다.

스팅은 그 사실이 가장 마음에 들었다.

이런 여유야말로 지배자가 갖춰야 할 소양이라고, 그는 평소부터 생각해 왔으니까.

'나 정도 되는 인물이 먼지를 묻혀가며 잔챙이들을 상대해 줄 필요는 없지.'

지도 상의 길드원들이 점점 서로간의 거리를 좁힌다.

그것은 포위망이 좁혀지고 있다는 증거!

'저들이 마주치는 순간, 이번 사건도 막을 내리겠군.'

스팅의 얼굴에 깃든 것은 승리한 지휘관의 기쁨이나 희열이 아니었다.

여유로움. 마치 당연히 이래야 한다는 것처럼 한껏 여유롭고 느긋한 표정이 그의 얼굴을 뒤덮고 있었다.

"음?"

그런 그의 얼굴에 아주 자그마한 균열이 발생했다. 눈매를 살짝 찡그린 스팅은 지도의 한 부분을 노려보며 부마스터에게 손짓했다.

"마스터, 부르셨습니까?"

랭킹 6위의 마법사, 빙제(氷帝) 라우스였다.

스팅은 곧장 그에게 질문했다.

"라우스. 26조의 멜턴과 슈메른의 신호가 끊겼다. 어떻게 된 거지?"

"예? 그럴 리가…… 잠시만 기다려 주십시오."

고개를 갸웃거리며 길드 창을 본 라우스가 입을 열었다.

"엇! 정말이군요. 복병일까요? 그게 아니라면 포위망의 바깥을 맡은 저들의 신호가 끊길 리가 없……."

그때였다. 검은 벌의 전투조가 아닌, 지휘부와 정보부의 길드원들이 하나둘 보고를 올리기 시작했다.

"슈르르. 로그아웃! 사망입니다!"

"24조의 키미키미 통신 두절!"

"27조의 가드론의 상태가 전투 상태로 변했습니다! 앗, 지금 막 사망, 로그아웃되었습니다!"

"……."

속속들이 들려오는 비보(悲報)에 라우스와 스팅의 표정이 딱딱하게 굳었다.

"어떻게 된 일이지?"

"아무래도 복병……."

"이제 와서 복병이라니, 말이 된다고 생각하나? 포위망을 형성하기 위해 엘프의 숲 외곽에서부터 일부러 놈들을 중앙 쪽으로 몰아가면서 싸웠다! 그런데 양동작전이라고?"

설마 자신의 전술이 설은영에게 읽혔다는 걸까?

스팅의 손톱이 고급 소파의 손잡이를 파고들었다.

하지만 그것도 잠시. 스팅은 호흡을 가다듬으며 물었다.

"……복병의 수는?"

외곽 지역을 이렇게 빠르게 정리할 정도라면, 못해도 2개 파티 이상이다.

'최소 8명. 많으면 20명까지는 생각해야 하는 건가.'

전술을 읽혔다는 것에 잠시 흥분했을 뿐, 마음을 가라앉히자 현실이 눈에 들어왔다.

'그래. 복병이 존재한다고 해도 상황을 뒤집을 수는 없다.'

아무리 전쟁의 판도를 뒤집는 것이 전술이라지만, 압도적으로 강력한 상대와 머릿수를 당해내지는 못하는 법이다.

"그, 그게……."

무언가를 확인한 후 급히 사색이 된 라우스.

이에 뭔가 이상함을 느낀 스팅이 인상을 찡그리며 물었다.

"그 반응은 뭐지? 몇 명인데 그러냐."

그의 재촉에 천천히 고개를 든 라우스의 오똑한 코 위로, 한 줄기의 땀방울이 흘러내렸다.

"사, 사망한 녀석들에게 문자가 왔는데……."

"뜸 들이지 말고 빨리 말해라!"

"한 명! 적은 단 한 명입니다!"

"뭐? 그런 말도 안 되는……!"

자리에서 벌떡 일어난 스팅이 소리쳤다.

하지만 이에 굴하지 않은 라우스는 잔뜩 울상을 지은 표정으로 꿋꿋하게 자신의 말을 마쳤다.

"……언노운. 그놈입니다. 외곽에서부터 저희 길드원들을 사냥하고 다니는 건, 언노운입니다!"

천화 길드에 용병으로 가담한 언노운이, 처음으로 전장에 모습을 드러낸 순간이었다.

설은영은 지친 기색으로 입을 열었다.

"상황은?"

"어…… 선의의 거짓말과 묵직한 팩트. 어느 쪽으로 해드릴까요?"

보이드가 난감한 표정으로 묻자, 그녀는 칼같이 대꾸했다.

"묵직한 걸로."

"……이번 전투, 많이 힘들어 보입니다."

말을 꺼내는 보이드도 기분이 썩 좋아 보이지는 않았다.

이곳저곳이 그을려 있고 먼지가 뒤덮인 로브를 보면 그가 얼마나 고생을 했는지 알 수 있었다. 그런 그의 겉모습을 물끄러미 쳐다보던 설은영이 조심스럽게 입을 열었다.

"……언노운은?"

"아가씨 연락도 안 받는데 제 연락을 받겠어요? 거, 사람 참 그렇게 안 봤는데……."

보이드가 설은영의 눈치를 살피며 뒷말을 삼키자, 그녀의 고운 미간이 찌푸려졌다.

'내가 사람을 잘못 본 걸까?'

언노운의 느닷없는 연락 두절은 그녀와 천화에게 제법 커다란 충격을 주었다. 사실 검은 벌이 천화를 적대하기 시작한 건, 그들이 언노운을 영입한 순간부터였으니까.

'물론 계약서상에는 본인이 원할 때 사냥을 해도 된다고 써놨지만…….'

설마 본진이 다 털릴 때까지 나서지 않을 줄이야?

설은영이 지끈거리는 머리를 부여잡고 있을 때, 해방군 쪽의 유저들이 다가오며 소리쳤다.

"검은 벌 놈들이 갑자기 포위망을 빠른 속도로 좁히고 있습니다!"

"갈 곳은 없습니다! 놈들에게 완전히 포위당할 때까지의 예상 시간은 15분 정도!"

"이대로라면 여기서 다 죽게 생겼어요!"

"어서 지시를!"

"……."

꽈악.

설은영은 자신을 어미새 바라보듯 쳐다보는 이들의 시선에 아랫입술만 질끈 깨물었다.

'할 수 있는 건 다 했어.'

기가 막히게 지휘를 하고, 전술로 검은 별 녀석들의 옆구리와 뒤통수를 몇 번이고 때렸다.

하지만 안타깝게도 기본적인 스펙이 차이 났다.

'과연 세계 10대 길드, 이렇게 단단할 줄이야.'

나름 최고의 인재만 모은 천화의 정예 공격대도 검은 별의 정예 앞에선 한 수 접어줘야 했다. 하지만 그렇다고 이 자리에서 죽을 수도 없는 일.

눈을 날카롭게 치켜뜬 설은영이 입을 크게 벌렸다.

"이대로 왼쪽을 뚫어! 그곳에 위치한 숲의 폭포 지형을 끼고 마지막 방어전을……."

-오른쪽으로.

"…뭐?"

설은영은 갑작스럽게 제 귓가를 울리는 목소리에 황급히 보이스톡 프로그램을 확인했다.

'언노운?'

쪽지로 자신의 보이스톡 주소를 보내놨지만, 일주일째 코빼기도 보이지 않던 그가 지금 막 연락을 한 것이었다.

-뭐예요? 지금 일주일 만에 나타나서 갑자기 한다는 소리가…….

-시간 없습니다. 지금 당장 모든 사람 데리고 지도상의 동쪽으로 달리세요. 좌표는 쪽지 확인하고요.

-이유는?

-그곳의 포위망, 제가 뚫어놓겠습니다.

-지금 혼자서 포위망을 허물겠다는 소리예요?

-못 믿으시면 말고요. 단, 서쪽은 추천드리지 않습니다. 폭포 위쪽에는 검은 벌의 마법사 파티가 대기 중이니까.

-……동쪽에서 만나죠.

뚝.

통화는 끊어졌고 여전히 상황은 절망적이었다.

하지만 설은영의 눈에 작은 희망이 피어오르기 시작했다.

"작전 변경, 우리는 이대로 동쪽을 뚫는다! 따라와!"

"예? 동쪽이라고요? 하지만 그곳은……."

"그곳을 뚫으면 숲의 중앙으로 진출할 수 있습니다. 검은 벌도 그걸 알고 있기에 포위망이 가장 두텁고요. 놈들은 절대 저희가 그곳을 뚫는 걸 허락해 주지 않을 거예요. 다시 한번 재고를……."

"아니, 우린 동쪽으로 간다."

설은영이 확신에 찬 목소리로 말을 끝맺었다.

'내 안목이 잘못되었다면, 결국 난 여기까지겠지.'

그녀는 항상 과감한 결정을 좋아했고, 한 번 뜻을 세우면 굽히지 않고 끝까지 밀고 나갔다. 이번에도 마찬가지였다.

'언노운이 만약 나를 속이거나, 처음부터 뒤통수를 때릴 생

각이었다면…… 그건 내 능력이 부족하다는 뜻이야.'

딱히 언노운을 믿는 것이 아니었다. 자신의 안목. 그를 보아왔고, 선택한 자신의 안목을ㄷ 굳게 믿었다.

그녀는 그런 사람이었다.

나무와 덩굴줄기가 옆을 스쳐 지나갔다. 숲을 말 그대로 질주하던 카이는 또다시 새로운 목표를 포착했다.

'둘.'

전방의 적을 발견한 즉시, 카이의 눈이 견적을 뽑기 시작했다.

'블루마린으로 장식한 롱 스태프, 학자 브리드만의 로브, 자줏빛이 감도는 월계관…….'

카이라고 미드 온라인에 존재하는 모든 아이템을 알고 있는 건 아니었다.

하지만 포이즌 마스터 스킬로 적탑에서 뺑뺑이를 돌며 올린 안목은 현재 중급 9레벨. 웬만한 아이템의 착용 제한 정도는 단번에 파악이 가능한 상태였다.

'각각 215레벨, 220레벨 정도겠어.'

견적을 뽑은 카이가 바닥을 미끄러지듯 달려 나갔다.

"음? 무슨 소리가……."

마법사 하나가 고개를 돌린 순간, 그의 목덜미에 날카로운 검이 박혔다.

"꾸르륵……!"

"데이먼!"

동료 마법사가 당황했지만, 그 또한 녹록지 않은 실력의 소유자!

순식간에 땅을 박차고 뒤로 물러서면서, 캐스팅.

"언노운! 기다리고 있었다. 아이스 필드(Ice Field)!"

쩌저저적!

마법사의 손끝에서부터 시작된 새하얀 서리는 순식간에 바닥을 얼리며 카이에게 쇄도했다.

대상의 발을 얼려 움직일 수 없게 만드는 속박 스킬!

'이다음의 연계기로는 역시 그것들이겠지.'

파지직, 화르르륵!

가장 강력한 대미지를 자랑하는 화염, 전격 스킬을 동시에 캐스팅하는 마법사!

그것이야말로 몇 안 되는 마법사에게 내려진 축복, 더블 캐스팅이었다.

'언노운 녀석, 박살을 내주지.'

하지만 그러한 각오도 잠시 그는 제 눈을 의심했다.

"웃차."

아이스 필드를 무시한 채 자신에게 걸어오는 언노운이 눈에 들어왔기 때문!

"뭐, 뭐라고? 어떻게!"

"동료애가 그렇게 부족하면 쓰나."

카이는 엄지손가락으로 등 뒤를 가리켰다.

그곳엔 카이의 검에 목을 꿰뚫린 마법사가 카이의 다리 대신 얼어붙어 있었다.

'이 자식, 설마 얼음이 뻗어 나가는 그 짧은 시간에 데이먼을 방패로……?'

그야말로 소름 돋는 반사신경!

하지만 감탄할 사이도 없이, 카이가 달려들었다.

"크윽! 비록 아이스 필드가 빗나갔다지만……."

이 정도의 근거리에서는 다음 두 개의 공격 스킬이 빗나갈 리는 없다!

그렇게 확신한 마법사가 순식간에 파이어볼과 라이트닝 스피어를 쏘아냈다.

자신에게 날아드는 두 개의 스킬을 보는 카이의 머리가 빠르게 굴러갔다.

'라이트닝 스피어의 속도는 파이어볼보다 빨라. 그렇다면……'

카이는 즉시 허리를 비틀어 몸의 궤적을 수정했다.

찌르르르!

덕분에 허무하게 빗겨나가는 라이트닝 스피어!

하지만 그와 같은 신들린 움직임을 두 번이나 연속해서 펼칠 수는 없었다.

'굳이 모든 스킬을 피할 필요는 없지!'

동시에 칼날 쇄도!

퍼어엉!

마법사의 화염이 회전하는 검날에 갈기갈기 찢어졌다.

"이, 이런 말도 안 되는……!"

마법사가 멍청한 표정을 지으며 뒤로 물러섰다.

라이트닝 스피어는 말 그대로 번개로 이루어져 있다.

물론 인간이 만들어낸 것이기에 실제의 빛처럼 빠르지는 않으나, 저렇게 자연스럽게 피할 만한 속도 또한 아니다.

'아니, 한 번은 요행이라고 볼 수도 있어. 하지만…….'

파이어볼은 어떻게 설명할 것인가?

'물론 주문의 속도와 정확도는 마법사의 수준에 따라 달라지지만…….'

그의 파이어볼은 웬만한 메이저리거의 투수가 던지는 공만큼 재빨랐다.

못해도 최소 시속 140㎞를 넘어가는 강력한 주문!

'그걸 검을 휘둘러서 정확히 베어버린다고?'

소문으로 듣던 것보다 훨씬 괴물이다.

그 사실을 인지한 순간, 마법사는 살기 위해 발악했다.

'젠장, 여기서 죽으면 레벨과 아이템이 모두 위험…….'

다가올 죽음에서 벗어나기 위해 몸부림을 치는 것은 모든 유저의 본능이나 다름없었다. 그리고 카이는 그 본능을 누구보다 잘 이해했고, 또 이용할 줄 알았다.

'의욕을 잃었다. 블링크를 써서 도망치겠지.'

카이는 곧장 공격하기보다 허리를 꼿꼿하게 펴서 시야를 넓혔다. 동시에 왼쪽 손을 언제든지, 어느 방향으로 향할 수 있도록 준비했다.

그건 지난 몇 시간 동안 마법사들을 잡으며 자연스럽게 녹아든 그의 경험이었다.

"블링크!"

예상대로 마법사는 블링크를 사용해 멀리서 등장했다.

카이는 곧바로 왼손을 흩뿌렸다.

"신성 사슬."

좌르르르륵!

순식간에 뻗어 나간 사슬은 한 번 노린 먹잇감을 절대로 놓치지 않았다.

카이의 괴물 같은 집중력과 반복된 노력이 만들어낸 압도적인 스킬 컨트롤!

"이, 이게 뭐야!"

마법사는 자신의 발목에 감긴 사슬을 떨쳐내려고 온갖 스킬을 퍼부었지만, 소용없었다.

'괜히 레어 등급 스킬이 아니란 말이지.'

다음 순간 카이는 사슬을 잡아당기더니 딸려온 마법사의 심장에 검을 박아 넣었다.

"그리고 동료까지."

푸욱!

빙결 상태의 마법사까지 정리한 카이는 전리품을 챙기며 지도를 펼쳤다.

"후우, 이제 동쪽 포위망은 대충 정리가 끝났나."

지난 두 시간 동안 열심히 뛰어다닌 결과, 50여 명의 마법사를 쓰러뜨릴 수 있었다. 말 그대로 동쪽을 포함 동북, 동남쪽 포위망 전부를 무너뜨렸다고 해도 될 수준이었다.

'제법 깜짝 놀랐던 때도 있었지만…….'

가끔씩 검은 별의 마법사들이 함정을 파고 자신을 기다리고 있던 순간도 있었다.

'뭐, 주문 저항의 피부와 바다의 폭군 덕분에 크게 위험하지는 않았네.'

지금 카이가 노리는 건 단 두 가지였다.

자신이 허물어놓은 이 동쪽 포위망으로 천화와 해방군을

모두 탈출시키는 것. 그리고 나머지 하나는…….

'검은 벌을 나락으로 떨어뜨리는 것.'

주먹을 꽉 쥔 카이의 입 꼬리가 올라갔다.

일주일 전, 보이드와의 대련에서 그는 자신의 부족함을 깨달았다. 그리고 그것을 깨닫는 즉시 엘프의 숲을 떠났다.

'사냥을 위해서였지.'

카이는 조용히 자신의 스탯 창을 활성화했다.

[카이]

[직업 : 태양의 사제]

[레벨 : 151]

[칭호 : 신의 대리자]

[생명력 : 34,100]

[신성력 : 59,400]

[능력치]

힘 : 600 / 체력 : 341

지능 : 248 / 민첩 : 256

신성 : 594 / 위엄 : 185

선행 : 163

마법 저항력 +70%

모든 공격력 6% 증가

모든 속도 6% 증가

독 저항력 +30

일주일 만에 레벨을 무려 28이나 올렸다.

기존에 모아놨던 105개의 잔여 스탯과, 레벨을 올리고 새롭게 획득한 140개의 스탯. 그것은 모두 힘과 신성 스탯에 소모되었다.

'덕분에 힘이 드디어 600!'

돈이 재벌 수준으로 차고 넘쳐서 체력과 민첩 스탯을 장비로 커버하지 않는 이상, 보통의 전사들은 레벨 업을 할 때마다 2에서 3정도를 힘에 투자한다.

한 마디로 지금 카이의 힘 스탯은 200레벨 이상의 순수 전사와 비교해도 동등한 수준.

'그리고 이번 사냥의 가장 큰 수확은 내 성장이 아니야.'

거기까지 생각이 마쳤을 때, 일련의 무리가 다가왔다.

"오는 길 편안하셨는지?"

그들은 천화 길드와 해방군 쪽의 남은 인원들이었다.

그 수는 다 합쳐도 겨우 100명 남짓.

설은영이 그 말을 받았다.

"정신없었어요. 포위망이 너무 빠르게 좁혀져서…… 그나저나 동쪽 포위망은?"

"정리 끝났습니다. 안전해요."

카이의 말에 설은영은 물론, 그 말을 들은 모두가 벙찐 표정을 지었다.

'동쪽 포위망을 혼자서 무너뜨렸다고?'

'허세 부리는 거 아니야?'

'하지만 실제로 이곳까지 올 동안 적은 한 명도 못 만났고…….'

'언노운이 이 정도 수준의 실력자였나?'

다양한 눈빛들이 카이에게 날아들었다.

대부분이 존경과 감탄, 경악의 눈빛들!

"합류했으니 앞으로의 계획에 대해 논의해 봐요."

설은영의 말에 카이가 낮은 웃음을 흘렸다.

"아뇨. 천화와 해방군 여러분께서 지금까지 열심히 싸워주셨으니 마무리는 제가 짓겠습니다."

"뭐라고요? 지금 그게 말이 된다고……."

"강화 소환."

딱, 딱!

카이가 손가락을 두 번 튕기자, 그의 펫들이 소환되었다.

언제나처럼 늠름한 블리자드.

'그리고…….'

카이의 눈매가 초승달처럼 곱게 휘었다.

그의 눈에 들어온 건, 이번 사냥에서 얻은 가장 큰 수확 중 하나. 바로 미믹이었다.

카이가 미믹과 블리자드를 데리고 자리를 떠나려는 순간, 한 줄기의 음성이 그의 발목을 붙잡았다.

"거기 서요."

"……?"

고개를 돌린 카이는 한기가 풀풀 날리는 설은영을 마주할 수 있었다.

'왜, 왜 이래?'

마치 어머니가 진심으로 화가 났을 때를 보는 듯한 기분!

이에 살짝 겁을 먹은 카이가 질문했다.

"……왜 그러십니까?"

저벅저벅.

카이의 코앞까지 다가온 설은영은 도도한 표정으로 콧잔등을 살짝 찡그렸다. 나름 무섭게 보이려고 지은 표정이 분명할 진데, 안타깝게도 미모에 묻혀서 그냥 예뻐 보였다.

"지금 저희보고 용병에게 모든 걸 맡긴 뒤, 얌전히 구경만 하라는 소리인가요?"

"아니, 그런 뜻이 아니라……."

"알아요. 나름 배려해 줬다는 거. 하지만 우리는 그렇게 배려받을 정도로 약하지 않아요."

"으음……."

카이는 자신을 도와줄 사람을 찾기 위해 그녀의 뒷편을 쳐다봤지만, 보이드는 자신은 빠지겠다는 듯이 두 손을 내저으며 어깨를 으쓱거리는 제스처를 취했다.

결국 카이는 두 손을 들어 올리며 한 걸음 물러섰다.

"좋아요. 함께 갑시다. 하지만 이거 하나만 약속합시다."

"뭐죠?"

"제가 도망치라고 하면, 이유를 불문하고 도망칠 것."

"……."

설은영은 잠시 카이의 의도를 읽으려는 듯 그를 빤히 쳐다봤지만, 용의 형상을 본뜬 투구는 그의 눈빛을 철저하게 감췄다.

"딱히 저희를 걱정해서 하는 말은 아닌 것 같고…… 뭔가가 있나 보네요."

"예. 말씀드리기는 조금 힘들 것 같습니다만."

"좋아요."

설은영은 쿨하게 고개를 끄덕이며 몸을 돌렸다.

"딱 한 번. 이유를 묻지 않고 후퇴 명령에 따라줄게요. 제 이름을 걸고 약속하죠. 됐나요?"

"감사합니다."

"그럼 바로 북쪽으로 우회해서 검은 별의 뒤를 치는 방향으로 작전을 진행할게요. 아! 진형도 완전 새롭게 짜야……."

설은영이 혼자 중얼거리며 멀어지자, 카이는 블리자드를 쳐다보며 울상을 지었다.

"블리자드, 어떻게 해. 우리 집안 여자들만 무서운 게 아닌가 봐."

"크륵."

블리자드는 코웃음을 쳤다, 마치 이제 알았냐는 듯이.

"하드록, 50미터 앞에서 어스 월 전개."

"적들은 우측으로 빠질 수밖에 없어. 2조는 13초 후 바닥에 아이스 필드를 전개."

"지금이다! 공격해!"

검은 별에 항상 밀리며 소극적인 전략만을 취하던 천화의 설은영은, 언노운의 합류와 함께 자신감을 되찾으며 검은 별의 북쪽 포위망을 압박해 나갔다.

"다리문 통신 두절, 사망입니다!"

"남쪽, 서쪽에서 적군이 계속 올라오고 있습니다. 어서 지시를!"

"스팅……."

물론 스팅이라고 가만히 있지는 않았다. 그는 곧장 남쪽과 서쪽의 길드원들을 진격시켜 천화의 뒤를 잡으려 노력했다.

'이게 전쟁인가?'

스팅과 설은영. 두 사람의 지휘를 몸소 겪은 카이는 놀라움을 금치 못했다.

그들은 마치 서로를 눈앞에 두고 체스라도 두는 것처럼 한 수, 한 수를 과감하게 펼쳤다.

그 수들은 모두 상대의 목덜미를 물어뜯을 살초뿐!

'하지만 이것도 슬슬 한계겠지.'

검은 별의 본대가 너무 가까이 온 것이다. 이제 곧 전면전이 시작되면 전술의 빛이 바래는 시기가 온다.

그 사실을 누구보다 잘 알고 있는 설은영은 카이를 따로 불러냈다.

"매복이라고요?"

"그래요. 곧 전면전이 시작될 거예요. 적들의 수도 많이 줄여놨으니 크게 밀릴 리는 없어요. 그 와중에 당신의 모습이 보이지 않으면 적들은 계속해서 주변을 신경 써야 하죠. 집중력이 약간이나마 흐트러질 거예요."

"그럼 언제 나오면 됩니까?"

"타이밍은 제가 잡을게요. 그런데……."

설은영이 카이의 펫들을 보더니 고개를 갸웃거렸다.

"그 검은색 갑옷을 입은 소환수는 아오사를 잡을 때도 봤지만, 다른 아이는 처음이네요. 정말 전력이 되는 건가요?"

"아아, 이 녀석이 이래 봬도 제 비장의 패입니다."

미믹을 바라보는 카이의 눈에는 믿음이 가득했다.

엘프의 숲에 위치한 제법 널찍한 공터. 그곳에서 물경 200이 넘는 유저들이 서로를 견제하고 있었다.

"쯧, 자존심 상하게……."

등 뒤에 검은 별의 마법사들을 도열시킨 스팅이 혀를 차며 앞으로 한 발자국을 걸어 나왔다.

그는 빠르게 천화 진영의 유저들을 훑었다.

'언노운이 없다?'

매복이라는 뜻인가.

지금 상황에선 단순하지만 효과적인 전략이다.

'상대방을 짜증 나게 할 줄 아는 여자로군.'

하나부터 열까지 마음에 안 드는 여자였다.

스팅은 곧장 설은영에게 시비를 걸듯 입을 열었다.

"명줄도 끈질긴 계집. 언노운의 도움으로 운 좋게 포위망을 벗어났군."

“말벌이 아니라 꿀벌들이 꼬이길래 찢어버렸어.”

“언노운은 어디 있지?”

“지금 그를 신경 쓸 상황이 아닐 텐데?”

“뭐? 큭…… 크하하하!”

배를 잡고 한참이나 웃던 스팅은 돌연 웃음을 뚝 그치며 설은영을 노려봤다.

“……언노운만 아니었으면 진작에 뒤졌을 놈들이, 입만 살았군.”

“그를 영입한 것도 우리의 능력이야.”

“아아, 그 반반한 얼굴로 미인계라도 펼쳤나 보지?”

“감히! 아가씨에게 더러운 소리를 한 번만 더 지껄이면…….”

피잉!

울컥한 보이드가 앞으로 나온 순간, 무언가가 보이드의 뺨을 스치고 지나갔다. 그는 자신이 공격당했다는 것조차 인지하지 못했다.

[1,427의 대미지를 입었습니다.]

뒤늦게 올라오는 시스템 메시지와 뺨을 타고 흘러내리는 피의 존재를 깨닫기 전까지는.

‘……이 거리에서 윈드 커터라고?’

보이드의 동공이 잘게 흔들렸다. 윈드 커터는 절대 고위 마법이 아니다. 20레벨의 마법사도 쓸 수 있는 바람 계열의 하위 공격 마법.

'하지만 이렇게 먼 거리를, 이 정도의 속도로, 이렇게 정확하게 명중시키는 건…….'

마법에 대한 웬만한 이해도가 아니라면 불가능한 수준!

실제로 보이드조차 자신이 같은 일을 할 수 있을지 없을지 확신을 못 할 정도였다.

스팅은 벙찐 표정의 보이드를 쳐다보더니 코웃음을 쳤다.

"주인들이 대화하는데 개가 입을 열다니? 간수 좀 잘해야겠군."

"……."

대꾸할 가치도 느끼지 못한 설은영은 천천히 오른손을 들어 올렸다.

"전군, 전투 준비."

"무르군. 너무 무르다."

자신의 도발이 성공적으로 먹혔다는 것을 깨달은 스팅이 입꼬리를 올렸다.

'언노운의 매복은 좋았다. 하지만…….'

딱 거기까지.

매복이란 건 상대방이 모를 때 빛을 발하는 전략이다.

지금은 자신을 비롯해 검은 별의 모두가 그의 존재를 신경 쓰고 있는 상태.

'집중력은 다소 흐트러지겠지만…… 그게 이 전장의 판도를 뒤엎지는 못할 거다.'

스팅이 여유롭게 손을 높이 들어 올렸다.

"기억해 둬라. 이것이 10대 길드의 힘이다."

딱!

스팅의 중지와 엄지가 부딪히는 순간, 사전에 준비되어 있던 온갖 마법이 숲의 지면과 상공을 뒤덮었다.

직접 보지 않는다면 말로 설명을 할 수 없을 듯한 압도적인 광경!

'배, 백 명이 마법을 사용하는데 딜로스가 전혀 발생하지 않는다고?'

딱 자신이 맡은 적에게 필요한 만큼의 대미지만 준다.

단 1의 대미지 손실도 발생하지 않게 하는, 환상의 컨트롤!

그 모습은 왜 검은 별이 10대 길드 중에서도 공격력만큼은 최상위 1, 2위를 다투었는지. 왜 마법사들로만 이루어진 이들이 에피소드 진행률만큼은 다른 길드를 가볍게 따돌렸는지를 여실히 보여주었다.

"크아아아악!"

"태, 탱커진, 치료 요청 속출합니다!"

"힐러들! 탱커 위주로 치료하고 일선부터 살려!"

"사, 살리고 치료하는 속도보다 죽는 속도가 더 빨라요!"

꽈악.

설은영이 꽉 깨물린 입술에서 피가 흘러나왔다.

'이렇게나 차이가 난다고?'

엘프의 숲에서 포위망을 걷어내며 200명의 검은 별들을 죽였다. 충분히 할 만하다고 여겼고, 천화의 전력이 조금만 더 강하면 10대 길드의 자리도 오를 수 있다고 생각했다.

'아아, 멍청해. 너무 멍청하다고, 설은영.'

온갖 똑똑한 척은 다 했으면서, 왜 이렇게 간단한 사실을 깨닫지 못했을까.

마법사는 게릴라전에 능숙한 클래스가 아니다. 오히려 전장의 꽃이라 불리는 그들은 그 어떤 클래스보다 전면전에 특화된 직업이다.

'그런 이들을 상대로 전면전을 생각하다니……'

검은 별의 북쪽 포위망을 가볍게 무너뜨리면서 자신감이 너무 차오른 것이 화근이었다.

'잠깐, 설마 스팅은 이것을 위해 일부러 북쪽의 길드원들을…… 내준 거야? 우리가 시간을 끌며 소모전에 돌입하는 것을 막기 위해?'

설은영이 믿을 수 없다는 표정을 지어 보이자, 스팅이 낮은 웃음을 흘려댔다.

"크큭. 그러니까 무르다는 소리를 듣는 거다."

그는 전장을 지배하는 자신의 부하들을 쳐다봤다.

'어차피 길드원들은 소모품.'

자신의, 절대자의 위치를 공고히 만들어줄 장기 말에 불과하다.

'그렇다면 나의 승리를 위해 그들을 희생하는 전략 정도는 과감하게 실행해야 하지.'

하지만 설은영은 그러질 못했다. 매스컴에서야 온갖 차가운 척을 다하지만, 그녀는 고립된 아군을 위해 원군을 보내고, 한 명이라도 더 살릴 방법을 끊임없이 모색해 왔다.

"그것이 너와 나의 차이. 영원히 넘을 수 없는 언더와 오버의 차이이다."

스팅의 그 말은 마치 사형선고와도 같았다. 그와 설은영의 거리는 멀리 떨어져 있었지만, 그의 비웃음이 바로 옆에서 들리는 기분마저 들었다.

'어지러워…….'

설은영은 핑 돌아가는 시야에 몸을 비틀거렸다.

"젠장, 아가씨!"

황급히 매직 실드를 시전해 그녀를 부축한 보이드는 바위 뒤에 몸을 숨기며 소리쳤다.

“아가씨 성격에 거절하리라는 것은 알지만, 빌어먹게도 잘 알지만! 한 번 물어나 보겠습니다. 작전상 후퇴는 어때요?”

“……나 혼자?”

“아가씨가 잡히지 않으면, 천화는 언제고 재기할 수 있습니다. 하지만 길드 마스터가 잡히는 순간…….”

우두머리를 잡는 것과 잡지 못한 것. 그것은 재도전의 빌미를 주냐, 주지 않느냐의 차이였다.

스팅이 기를 써서라도 천화를 쓸어버리고 설은영을 제 손으로 죽이려는 이유이기도 했다.

“나는…… 못 해. 알잖아.”

언제나 그랬다. 항상 최고가 되고자 노력했지만, 최고만 곁에 두고자 노력했지만, 안타깝게도 그녀의 노력은 번번이 실패했다.

‘이번에도 나는…….’

미드 온라인은 자신에게 주어진 마지막으로 기회. 만약 이곳에서도 실적을 내지 못한다면, 결국 자신의 인생은 아버지의 뜻대로 흘러갈 수밖에 없다.

‘아무것도 할 수 없었어.’

설은영이 모든 것을 포기하고 눈을 질끈 감는 순간, 귀에 익은 목소리가 그녀를 보챘다.

-저기요. 지금 엄청 밀리고 있는데, 타이밍 제대로 잡고 있

는 것 맞습니까?

'언노운……?'

그가 없었다면 지금 이 상황까지 오지도 못했다.

비록 고용주와 고용인의 관계였지만, 설은영은 그에게 감사한 마음을 품고 있었다.

'그가 대단하다고 해도, 혼자서는 이 상황에서 아무것도 못하겠지.'

이 상황에 끼어들면 개죽음밖에 되지 않는다.

설은영은 낮은 한숨을 내쉬며 사과했다.

-미안해요. 기껏 천화를 선택해 줬는데, 기대에 부응하지 못해서.

-……그 말은?

-이미 전투는 끝났어요. 패배했다고요. 그쪽이라도 살아서 도망쳐요. 계약금은…… 사죄의 의미로 성공 보수만큼 지급할 테니까.

설은영은 길드 창을 활성화시켜 길드원들의 닉네임을 쳐다봤다. 하얗게 빛나는 그들의 닉네임은 초가 지날 때마다 수명이 다한 전구처럼 불이 꺼졌다.

모두 사망해서 로그아웃이 되었다는 증거.

'이제 20명도 채 안 남았어.'

반면 검은 별의 마법사들은 아직도 80명가량이 남았다.

누가봐도 완패에 가까운 성적.

-도망이라…….

낮게 웃은 언노운이 말을 이었다.

-저희 집이 안 그럴 것 같은데 유난히 가정교육이 좀 스파르타예요. 아버지가 항상 제게 하시던 말씀이 있었죠. 우는 이를 도와줘라, 약자를 도와줘라. 지금 그쪽은 둘 모두에 해당하네요. 우는 약자.

'지금 무슨 말을…… 울고 있다고? 내가?'

설은영은 제 손가락을 눈가에 가져가고 나서야 깨달았다, 자신이 눈물을 줄줄 흘리고 있다는 사실을.

그녀는 빠르게 현실을 부정했다.

"마, 말도 안……."

"언노운이다!"

'뭐?'

그녀가 눈물을 채 닦아내기도 전에, 공터 근처의 가장 높은 나뭇가지에서 언노운이 모습을 드러냈다.

"단순한 용병 관계인 줄 알았는데…… 이거 정말 미인계라도 펼쳤나?"

스팅이 농담을 지껄이며 웃자, 검은 벌들이 박장대소했다.

"크하하하! 그러고도 남지요."

"사실 저 얼굴이면 안 넘어갈 남자가 별로 없잖습니까."

"다 끝난 전장에 모습을 드러낼 정도라면, 보통 사이가 아닌 것 같은데요?"

"생각하는 것 하고는……."

검은 벌들의 유치한 대화 소리를 듣던 카이는 그대로 나뭇가지를 박차고 전장의 한복판으로 뛰어들었다.

"호오? 제법 자신 있……."

쿠웅, 쿠웅!

이어서 그를 따라 뛰어내린 블리자드와 미믹.

도중에 말을 끊긴 스팅은 전투 시작 이래 처음으로 이해가 안 간다는 표정을 지었다.

'저 검은색 갑주야 아오사를 잡을 때도 봤지. 제법 빠른 몸놀림을 선보이는 전사. 하지만…….'

그의 시선을 사로잡은 건 다른 쪽이었다.

"저건 대체 뭐지?"

"스켈레톤 아닙니까?"

"아니, 그러니까 저딴 걸, 왜 이런 전장에?"

"그래도 칼이랑 방패 든 걸 보니 하급은 아니군요."

"맞아."

검은 벌들의 추리에 카이는 빙그레 웃으며 대꾸했다.

"소개하지. 이 녀석의 이름은 미믹이고, 지금은……."

스켈레톤 나이트를 흉내 내고 있는 자신의 펫이다.

반짝!

검지에 끼워진 타락한 성기사의 반지가 반짝거렸다.

"서임 스킬, 발동."

[현재 듀라한으로 승격시킬 수 있는 스켈레톤 나이트는 총 1마리입니다.]

[서임 스킬이 발동됩니다.]

[1마리의 스켈레톤 나이트가 듀라한으로 승격됩니다.]

콰드드드득!

미믹의 발치에서 어둠이 쏟아져 나왔다. 그것들은 곧장 스켈레톤 나이트가 된 녀석의 뼈 사이사이를 메꿔나갔다.

"그래. 이것이 지금의 미믹이 낼 수 있는 최대의 성능."

칠흑 같은 어둠을 제 몸에 휘감은 채, 제 머리를 옆구리에 끼고 있는 미믹이 카이를 수호했다.

"나의 비밀 병기다."

사실 미드 온라인에 존재하는 대부분의 스킬 메커니즘이 그렇다. 아무리 좋은 스킬이라고 해도 반복 학습을 통해 숙련도와 이해도를 쌓아가야 할 필요가 있다.

당장 스팅만 보더라도 초급 마법인 윈드 커터를 놀라운 경지까지 끌어올리지 않았는가.

이건 유저뿐만 아니라, 그들의 소환수나 펫에도 그대로 적용되는 시스템이었다.

'미믹도 마찬가지였어.'

미믹의 흉내 내기는 유니크 등급의 스킬이다. 그렇기에 녀석이 맨 처음, 토끼를 흉내 냈을 때 카이는 의아한 생각을 먼저 품었었다.

'유니크 스킬인데 왜 이렇게 구려 보여?'

겉모양만 토끼일 뿐. 토끼의 가죽이나 눈, 코, 입은 물론 능력 또한 흉내 내지 못하는 어설픈 스킬!

그것이 카이가 미믹의 성능을 의심했던 가장 큰 계기였다.

'하지만 착각이었지.'

카이는 지난 일주일간 틈틈이 짬을 내서 미믹의 능력을 시험했다. 그리고 그 과정에서 놀라운 사실을 발견했다.

'같은 대상에게 흉내 내기를 사용할 때마다, 능력치와 외형적인 부분이 점점 완성되어 간다!'

미믹이 처음 스켈레톤 나이트를 흉내 냈을 때는 토끼와 마찬가지였다. 스켈레톤의 뼈다귀는 슬라임처럼 끈적거리며 바닥에 뚝뚝 떨어졌다.

그야말로 스켈레톤 나이트의 위엄이라고는 눈곱만큼도 없는 한심한 모습!

그러나 카이는 포기하지 않고 계속해서 미믹에게 흉내 내기를 시켰다. 그렇게 두 번, 세 번, 네 번째를 지나 마침내 다섯 번째 흉내 내기를 사용한 순간. 미믹은 마침내 완벽한 스켈레톤 나이트가 되었다.

그것이 끝이 아니었다.

띠링!

[흉내 내기의 완성도 100%!]

[미믹이 스켈레톤 나이트를 완벽하게 흉내 냅니다.]

[미믹이 스켈레톤 나이트에 대해 완벽하게 이해합니다.]

[지금부터 미믹은 근처에 스켈레톤 나이트가 없더라도 언제든지 모습을 흉내 낼 수 있습니다.]

바로 대상을 몇 번이고 흉내 내서 이해를 완벽하게 마치면 언제든지 흉내 낼 수 있다는 것!

미믹은 200레벨의 레이드 보스인 아오사가 남긴 펫!

그 성능 또한 예사롭지 않았다.

[미믹-완벽한 스켈레톤 나이트]

[등급 : 보스 레이드]

[레벨 : 80]

[생명력 : 44,000]

[능력치]

힘 : 460 / 체력 : 440

지능 : 80 / 민첩 : 110

-미믹이 스켈레톤 나이트를 흉내 내고 있습니다.

-소환수의 등급에 따라 스켈레톤 나이트의 능력치가 추가적으로 상승합니다.

일반적인 스켈레톤 나이트보다 못해도 두 배가량 높은 능력치! 미믹의 진정한 힘을 깨닫는 순간, 카이는 전율했다.

'잠깐만, 그럼 이 녀석 하나만 잘 키운다면……?'

웬만한 펫은 부럽지가 않다는 뜻!

카이는 앞으로 미믹을 성장시키며 다양한 몬스터를 복제할 생각에 가슴이 설레었다.

'하지만 그건 나중의 일.'

지금은 눈앞의 적들. 무려 80마리나 되는 벌들부터 치워야 할 필요성을 느꼈다.

"미믹 스탯 창 활성."

[미믹-전율의 듀라한]

[등급 : 보스 레이드]

[레벨 : 130]

[생명력 62,000]

[능력치]

힘 : 650 / 체력 : 620

지능 : 100 / 민첩 : 170

-현재 미믹이 흉내 낼 수 없는 대상이지만, 스킬을 이용해 강제적으로 그 수준을 끌어올렸습니다. 그 부작용으로 듀라한의 모든 스킬을 사용할 수는 없습니다.

-소환수의 등급에 따라 듀라한의 능력치가 추가적으로 상승합니다.

씨익.

만족스러운 미믹의 상태에 카이의 입꼬리가 올라갔다.

동시에 그의 양손이 환하게 빛나기 시작했다.

'매스 블레스, 태양의 축복, 태양의 갑옷, 홀리 인챈트, 헤이스트…….'

자신과 펫들에게 온갖 버프를 주렁주렁 매단 카이!

"뭐, 뭐지?"

"왠지 모르게 한기가……."

"꿀꺽."

80여 명의 검은 벌들은 고작 세 명뿐인 적을 눈앞에 두고도 공격하기를 머뭇거렸다.

그것은 언노운 파티의 투지와 위엄에 짓눌렸다는 증거!

"멍청한 녀석들, 뭘 꾸물거리고 있나! 공격해!"

스팅이 버럭 소리를 지르자, 그제야 다시 한번 마법이 숲을 뒤덮었다.

카이는 자신에게 날아드는 마법들을 쳐다보며 명령했다.

"블리자드 왼쪽, 미믹은 오른쪽. 나는…… 중앙으로 간다."

"크르륵."

텅텅텅!

씨익 웃으며 왼쪽으로 달려가는 블리자드와, 제 머리를 북처럼 통통 치면서 뛰어가는 미믹!

그들의 뒷모습을 뿌듯하게 쳐다보던 카이가 무기를 뽑아 들었다.

'이걸 사람들 앞에 꺼내는 건 이번이 처음인가.'

카이가 천천히 뽑아든 건 깨달은 자의 롱소드가 아니었다.

지난 일주일간 카이의 사냥 속도를 말도 안 되게 높여준 고마운 검이었다.

[강인한 의지의 롱소드]

등급 : 유니크

공격력 154~173

힘 +15

민첩 +10

착용 제한 : 레벨 80. 힘 500.

내구도 ∞

설명 : 강인한 의지 효과가 부여되어 있습니다. 이 무기는 파괴되지 않습니다. 무기로서의 성능을 극한까지 올려놓은 검입니다. 하지만 이 검을 사용하기 위해서는 엄청난 괴력이 필요할 것입니다.

바로 솔리드가 자신에게 맡겼던, 의문의 플레이어가 만들었다는 유니크 검!

아오사를 잡고 힘 스탯이 500을 돌파, 이제야 사용할 수 있게 된 무기였다.

깨달은 자의 롱소드보다 대미지가 70이상 높은 괴물.

'게다가 무엇보다 마음에 드는 건…….'

화아아아악!

카이는 곧장 코앞까지 다가온 거대한 불덩이를 향해 검을 내리그었다.

깨달은 자의 롱소드였다면 내구도가 무시무시하게 줄어들었을 일격!

하지만…….

퍼어엉!

[검에 강인한 의지 효과가 부여되어 있습니다.]

[내구도가 줄어들지 않습니다.]

강인한 의지의 검은 내구도가 무한이라는 점!

“크윽, 파이어볼을 베어버린다고?”

“당황하지 말고 계속 스킬을 퍼부어!”

“내구도는 언젠가 바닥난다. 쉴 새 없이 공격해!”

검에 대한 정보가 없는 검은 별들은 단단히 착각했다.

바로 시간은 자신들의 편이라는 착각!

‘뭘 모르기에 하는 소리지.’

카이는 신성 사슬을 이용해 마법사 하나의 발목을 묶은 뒤, 그대로 몸을 회전시켰다.

그러자 도미노처럼 와해 되는 마법사들의 진영!

“크윽, 또 저 스킬이다!”

“신성 사슬, 짜증 나기는 하지만 대미지는 약해!”

“무시해!”

“글쎄, 무시할 수 없을 텐데?”

왜냐하면, 싸우는 건 자신만이 아니었으니까.

사악, 사악!

"크라아아아!"

블리자드가 표효하며 넘어진 적에게 두 자루의 곡도를 귀신처럼 휘둘렀다. 미믹도 강하면 강했지 약하지는 않았다.

"뭐, 뭐냐? 이 소환수의 몸놀림!"

"일반적인 듀라한이 아니야?"

"마법 방어력도 장난 아니게 높아! 그런 주제에 공격력은 크윽…… 강하다!"

"최소 보스 몬스터 급의 소환수다! 레이드를 한다는 생각으로 전투에 임해!"

미믹의 패시브 스킬인 위기감지는 녀석을 향해 쏟아지는 모든 종류의 마법을 사전에 경고했다.

텅텅텅!

자신의 본능이 위험하다는 판단을 내리는 순간, 귀신처럼 움직이며 스킬을 피해 나가는 미믹!

"어, 언노운 자식…… 소환수마저 괴물이냐!"

"……이대로는 안 되겠군."

상황을 쳐다보던 스팅이 드디어 무거운 엉덩이를 떼고 전장에 합류했다.

'소환수들에 휘둘리면 끝도 없다. 놈들에게는 최소한의 인력만 붙이고 언노운에게 화력을 집중해서 놈을 죽인다.'

보통 소환수는 주인이 죽으면 덩달아 소멸하는 법!

스팅의 주변에 두 자루의 거대한 창이 두둥실 떠올랐다.

"부대 편성을 다시 한다! 1조와 2조는 검은색 소환수에게! 3, 4조는 듀라한을 맡아라! 나머지는……."

쐐애애애액!

언노운을 향해 쏘아나가는 강철의 창!

마법이지만 물리 공격력을 지닌 아이언 스피어였다.

'이건 맞아준다.'

카이는 어쩐 일인지 스팅의 공격을 피하지 않고, 그대로 맞아줬다. 고작 두 방의 공격이었지만 카이의 생명력은 눈에 띄게 줄어들었다.

[5,172의 대미지를 입었습니다.]

[5,189의 대미지를 입었습니다.]

[상태 이상 '관절 파괴'에 걸렸습니다.]

[모든 속도가 10% 느려집니다.]

"모두 언노운을 공격하라!"

"……후우, 햇살의 따스함."

[모든 상태 이상 효과를 제거합니다.]

자신을 에워싸는 마법사들을 쳐다보는 카이의 눈이 빠르게 굴러갔다.

'정예 마법사들은 모두 스팅의 주변에 모두 모여 있다.'

평소에도 강한 자들만 자신의 곁에 두는 스팅의 특권의식을 엿볼 수 있는 모습이었다.

"눈알을 데굴데굴 해봤자 답은 없다. 어스 월, 파이어 월!"

화르르르륵!

스팅을 비롯한 마법사들이 동시에 카이의 등 뒤로 대지의 벽과 화염의 벽을 동시에 세웠다.

슬쩍 뒤를 쳐다본 카이는 혀를 찼다.

'빠져나가긴 어렵겠어.'

그뿐만이 아니었다.

"방심할 수 없는 녀석이다. 끝까지 최선을 다해주지."

언노운을 주적으로 인정한 스팅은 방심하지 않았다.

화염의 벽을 쳐서 퇴로를 막고, 아이스 필드를 시전!

쩌저저저적!

후방에는 화염과 대지의 벽, 전방에는 얼어붙은 대지!

그야말로 카이의 움직임을 철저히 봉쇄하는 마법들의 연계였다.

"아이스 필드 위는 미끄러워서 빠르게 달릴 수가 없지. 마법을 피해내는 그 잘난 몸놀림도 여기서 끝이다. 언노운."

스팅이 비릿한 미소를 지으며 카이의 종말을 선언했다.

하지만 카이는 그 순간조차 무언가를 계산하고 있었다.

'남은 신성력은 5만 정도…… 응, 이 정도라면 가능해.'

눈을 빛낸 카이가 조용히 중얼거렸다.

"신성 폭발."

후끈!

신성 폭발 특유의 후끈한 열기가 숲의 습도와 어우러지자, 카이의 몸에서는 땀이 비 오듯 흘러내렸다.

'하지만 이것으로 속도를 얻었다.'

글렌데일의 성자와 화이트홀의 성자, 두 성자 칭호 효과로 인해 신성력을 사용한 모든 스킬의 효과가 25% 증가!

원래라면 모든 스탯이 30 상승하는 신성 폭발은, 현재 38을 상승시켰다.

피잉!

몸을 옆으로 돌려 자신에게 날아드는 윈드 커터를 피한 카이는, 곧장 신성 사슬을 뿌려냈다.

"흥, 이런 것에 맞아줄 것이라 생각하나."

스팅이 손가락을 튕기자, 바닥에서 튀어나온 창이 신성사슬을 가볍게 쳐냈다.

하지만 그것이야말로 카이가 노리던 바!

"어어?"

"마스터!"

"음?"

스팅은 부하들의 호들갑에 정면을 쳐다봤다.

"뭐, 뭐라고?"

그의 눈에 들어온 것은, 신성 사슬을 잡아당기며 아이스 필드를 미끄러지듯 달려오는 언노운!

'설마 처음부터 내가 신성 사슬을 쳐낼 걸 알고…… 일부러 내게 신성 사슬을?'

그가 언노운을 적수로 인정했듯 언노운도 마찬가지였다.

자신의 뛰어남을 사전에 미리 상정해 두고 짠 작전!

"크으윽……."

스팅은 자신이 이용했다는 사실에 분노하며, 자신이 사용할 수 있는 최고의 스킬을 시전했다.

'이것까지 막을 순 없을 것이다.'

이미 퇴로는 차단한 상태였고, 아이스 필드 위를 달리는 상태에선 이 스킬을 피할 수도 없다.

'그래, 무려 유니크 등급의 스킬이니까 말이지.'

그가 지닌 유니크 등급의 스킬은 무려 여섯 개가 넘었다.

그야말로 마법사 랭킹 3위라는 이름에 걸맞는 엄청난 스킬 폭!

'하지만 내가 분석한 결과, 언노운의 마법 저항력은 비정상

적으로 높다.'

그 때문에 첫 격돌시에 아이언 스피어를 사용하여 실험을 해보았다.

'물리 방어력은, 마법 방어력에 비해 턱없이 낮군.'

한 마디로 언노운의 약점은, 물리 피해라는 것!

'마법사는 끊임없이 준비하면서, 적을 파악하는 자.'

언노운에 대한 분석은 이미 끝났다.

비릿한 미소를 지은 스팅이 자랑스럽게 스킬을 외쳤다.

"마나의 부름을 받아 나의 적을 갈갈이 찢어놓아라! 블레이드 템페스트!"

스팅의 주변에 수백 개의 칼날이 생성되며 폭풍우처럼 회전하기 시작했다. 그 모습을 가만히 보던 카이는 설은영에게 보이스톡 메시지를 보냈다.

-약속한 것을 지킬 시간입니다. 도망치십시오.

-지금 저희보고 용병을 버려둔 채 도망치라는……?

-약속했잖습니까? 본인의 이름을 걸고.

-크윽…….

분명히 자신이 했던 말이었다. 결국 아랫입술을 앙다문 설은영은 눈을 질끈 감으며 명령했다.

"전군, 후퇴하라!"

그녀는 검의 폭풍 속으로 미끄러지듯 들어가는 언노운을

쳐다보며 사과했다.

'이 은혜는 반드시…… 꼭 두 배, 세 배로.'

그녀를 포함한 20명의 천화 길드원이 자리를 이탈하는 것을 확인한 카이는 웃었다.

'블레이드 템페스트. 스팅이 지닌 스킬이며, 최소 레어 등급으로 추정되는 스킬.'

카이는 저 스킬에 대한 존재를 사전에 알고 있었다.

검은 별의 영상을 보면 항상 필살기처럼 사용했으니까.

'이 순간만을 기다려 왔다.'

카이는 검은 별 하나를 무너뜨리기 위해 온갖 수단을 준비했다. 그들이 모르는 미믹을 준비했으며, 그들이 모르는 강인한 의지의 검을 사용했다.

마법 방어력을 극한까지 높여 그들의 천적이 되었음은 두말하면 잔소리!

'아까 그 창, 아팠다고.'

스팅이 아이언 스피어를 날렸을 때, 카이는 피할 수 있었음에도 일부러 맞아줬다.

'내 물리 방어력이 낮다는 것을 알려줘야 했으니까.'

일부러 유도한 것이다. 그것이 자신의 약점이라고, 그 부분을 후벼 파라고. 대놓고 광고를 했다.

'스팅은 똑똑해. 이건 적이지만 인정할 수밖에 없지.'

하지만 그 똑똑함이 이번에는 제 살을 갉아먹었다. 누구보다 똑똑하기에, 자신의 판단이 무조건 옳다는 착각을 버릴 수 없다.

"갈가리 찢어져라."

카이는 신성 사슬을 놓고, 바닥을 박찼다.

오만한 눈빛으로 자신을 내려다보는 스팅과의 거리가 점점 가까워졌다.

쐐새새새색!

주변을 가득 메운 칼날의 폭풍우가 매미처럼 울어대며 카이에게 쇄도했다.

누가 봐도 언노운의 패배!

하지만 그는 곧 사망할 듯한 사람답지 않게, 여유로운 미소를 지으며 물었다.

"역시, 10대 길드끼리는 사이가 좋지 않나 봐?"

"뭐?"

"만약 당신이 골리앗과 친했다면…… 지는 건 내 쪽이었을 거야."

카이는 고개를 갸웃거리는 스팅을 무시하며 소리쳤다.

"영체화!"

"……!"

카이의 몸이 입자로 변함과 동시에, 수백 개의 칼날은 그를 허무하게 스치며 바닥에 꽂혔다.

영체화는 모든 물리 피해를 무시하는 스킬!

'마, 말도 안 돼……!'

이걸 노리고 아이언 스피어를 맞아줬단 말인가?

심장이 내려앉는 기분이었지만, 그는 포기하지 않았다.

'영체화 상태에는 마법 스킬에 두 배의 피해를 입는다! 그렇다면 지금에라도……!'

곧장 번개의 창을 소환한 스팅이 그대로 언노운에게 창을 내질렀다.

하지만, 언노운이 한발 더 빨랐다.

덥석!

큼지막한 손으로 스팅의 얼굴을 그대로 감싸 쥔 언노운은, 손가락 사이로 보이는 스팅의 눈동자를 향해 낮게 읊조렸다.

"잘 가라……. 푸른 역병!"

화아아아아아악!

얼마 전 화이트홀을 뒤덮었던 푸른 악몽이, 카이의 손끝에서 터져 나왔다.

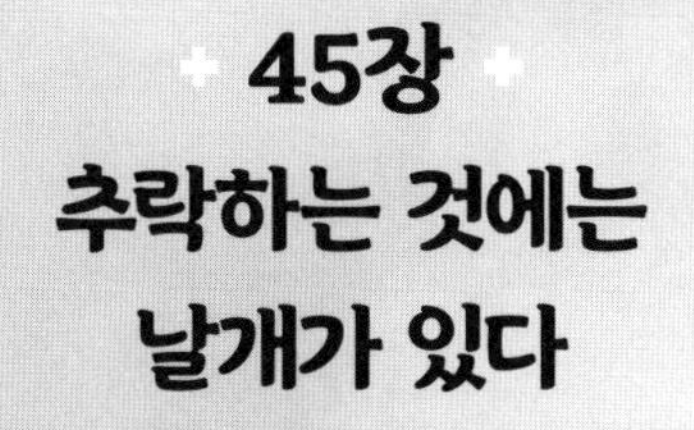

45장
추락하는 것에는 날개가 있다

푸른색의 연기는 순식간에 퍼져 공터를 가득 메웠다.

파사사사삭.

연기에 맞닿은 나무와 열매가 순식간에 썩어서 뒤틀렸고, 검은색으로 죽어버린 땅과 잡초들은 이 땅이 죽음의 대지가 되었음을 여실히 보여주었다.

"커어어억!"

사람이라고 예외는 아니었다. 스팅은 라이트닝 스피어를 날리기는커녕, 제 목을 부여잡으며 그대로 쓰러졌다.

마치 코와 입으로 밀가루를 들이부은 듯한 기분!

"커헉, 커허억!"

[푸른 역병에 중독당했습니다.]

[생명력이 초당 1,500씩 감소합니다.]

[스킬의 효과가 25% 감소합니다.]

[움직임이 20% 느려집니다.]

카이가 시전한 푸른 역병은 무려 100개의 기운을 모아 터뜨린 회심의 한 방!

'기운을 얻기 위해 뭣 빠지게 사냥했다고.'

몬스터 100마리의 기운을 획득한 뒤, 처음으로 푸른 역병을 사용했던 순간. 카이는 검은 별을 철저하게 짓밟을 수 있다는 확신을 얻었다.

'이제 저 녀석들은 무빙 캐스팅을 하기도 힘들어. 심지어 주문의 효과도 약해지지.'

게다가 길드에 사제도 없는 녀석들은, 비싼 해독약이라도 들고 다니지 않는 이상 해제할 수단조차 없다.

'그건 오크 토벌대에서 클라드에게 페르메의 독을 사용하면서 확인했던 사항이야.'

클라드와 검은 별 정에는 레벨 차이만 날 뿐, 마법사라는 점에서 그리 큰 차이는 나지 않았다.

"커어억……."

덜덜 떨리는 손으로 인벤토리를 연 스팅은 약병 하나를 제 입가로 가져갔다.

물론 카이가 그것을 지켜볼 리 만무!

"어딜!"

파악!

약병을 걷어찬 카이는 스팅의 멱살을 잡아 올렸다.

"네, 네놈…… 감히……."

"그래그래, 그렇게 잘난 척하는 것도 오늘이 마지막일 테니 열심히 즐기라고."

카이는 망설임 없이 스팅의 복부에 검을 꽂아 넣었다.

그런 뒤, 녀석의 귀 옆으로 얼굴을 바짝 대며 속삭였다.

"칼날 쇄도."

위이이이이잉!

"크아아아악!"

자신의 몸속에서 뭔가가 회전하는 듯한 이질적인 기분!

스팅은 말로 형용할 수 없는 느낌에 비명을 내질렀다. 실제 고통은 없지만, 끔찍한 경험이었다.

"이, 이 빚은 언젠가……."

"갚을 일 없을 거야. 내가 게임을 접지 않는 이상은."

차갑게 선언한 카이는 생명력이 바닥난 스팅을 그대로 놓아 버렸다. 그러자 하얀색 폴리곤들이 바닥을 두드렸다.

"오, 좋은 거 두고 갔네."

그가 즐겨 사용하던 스태프를 챙긴 카이는 피식 웃으며 등을 돌렸다.

자신을 공포에 질린 표정으로 바라보는 마법사들과 블리자드, 미믹이 시야에 들어왔다.

카이는 자신의 소환수들에게 가볍게 손짓했다.

"정리해."

"커허어억……!"

미믹은 검을 휘둘러 마지막 남은 마법사를 처치했다.

검은 별의 패배!

아나운서가 9시 뉴스 데스크에서 보도해도 믿기 힘든 일이 실제로 벌어진 것이다.

"후우…… 드디어 끝났네."

불과 한 시간 전만해도 200명의 유저가 빽빽하게 들어서 있던 숲의 공터. 그곳에는 오직 세 인영만이 당당하게 자리하고 있었다.

"수고했어. 블리자드, 미믹."

펫들의 공을 치하한 카이는 그들을 역소환했다.

충분히 고생한 녀석들을 쉬게 해줄 요량이었다.

'아이템들의 수거도 끝났고…… 짭짤한데?'

80여 명의 마법사들이 드랍한 장비는 무려 28개!

레어 아이템만 무려 24개였고, 스팅은 유니크 등급의 스태프를 뱉어냈다.

"이것들은 나중에 천천히 경매장에 올려서 팔자고."

지금은 가장 먼저 해야 할 일이 있다.

카이는 유니크 스태프를 높이 들어 올린 뒤, 손으로 V자를 그리며 스크린샷을 찍었다.

"후후, 영원히 고통받는 스팅 짤을 한번 만들어 볼까."

그 사진은 곧장 커뮤니티에 게재되었다. 언노운의 계정은 커뮤니티에서 누구보다 유명했기에 입질은 금방 왔다.

ㄴ이거 뭐임?

ㄴ어라? 나 스태프 어디서 본 적 있는데…….

ㄴ이거 거짓된 망령의 스태프 아님?

ㄴ그건 스팅이 쓰고 있는 유니크 스태프잖아?

ㄴ에이, 그걸 왜 언노운이 들고 있…… 잠깐, 설마?

ㄴ이거 혹시?

유저들은 잠시 언노운의 사진을 이해하지 못했다.

하지만 그것도 아주 잠시일 뿐. 승리의 V자를 그린 손가락이 의미하는 바는 너무나도 명확했다.

-어, 언노운이 해냈다!

ㄴ미쳤다! 진짜로 천화가 검은 벌을 제꼈어!

ㄴ저 스태프가 언노운 손에 있다는 건…… 스팅이 최소 한 번은 죽었다는 뜻이잖아!

ㄴ미쳤어, 진짜 제대로 미쳤어! 이런 놈이 대체 어디서 튀어나온 거야?

그렇지 않아도 커뮤니티의 유저들은 떠들기를 좋아한다.

심지어 오늘의 장작은 10대 길드의 패배, 그리고 몰락!

카이는 쉴 새 없이 떠드는 유저들을 보며 미소 지었다.

"추락하는 것에는 날개가 있는 법이지."

그것이 비록 벌이라 할지라도.

인터넷 창을 끈 카이는 주변을 둘러봤다.

"끄응. 그나저나 이거 어떻게 안 되나?"

푸른 역병의 여파 때문인지, 공터의 나무와 식물, 열매는 모두 죽어버린 상태였다.

숲의 파수꾼을 자청하는 엘프들이 본다면 절대로 좋아할 수 없는 광경!

카이는 불안한 마음으로 땅에다가 손을 가져다 댔다.

"햇살의 따스함."

우우우웅!

스킬이 시전되고 밝은 빛이 땅에 닿자, 놀랍게도 죽어 있던 땅에서 잡초가 피어났다. 카이의 안색도 밝아졌다.

'아! 살릴 수 있겠다.'

엘프의 마을에 방문하려는 카이로서는 그들의 심기를 불편하게 만들 수 없는 상황!

카이는 피곤한 몸을 쉬게 해주고 싶었지만, 일일이 주변을 돌아다니며 죽은 땅을 되살렸다.

'푸른 역병……. 강력하지만 함부로 쓰지 못하겠어.'

특히 도시에서는 절대로 사용하지 못할 것 같다.

도시가 죽음의 땅이 되면 지명 수배가 붙을 테니까.

"후우, 끝났다."

말끔하게 뒤처리를 끝낸 카이의 메시지창이 불난 것처럼 바빠지기 시작했다.

"거, 천화 쪽 여왕님도 어지간히 성격이 급하구만."

카이가 피식 웃음을 터뜨렸다.

"대체 어떻게 된 거죠?"

설은영은 충격과 혼란, 기쁨, 그리고 또 혼란. 아주아주 복잡한 표정을 지어 보이며 물었다.

"싸웠습니다. 그리고 제가 이겼죠."

안타깝게도 기대에 부응하지 못하는 간단한 대답!

"……하아."

옅은 한숨을 내쉰 설은영이 입을 열었다.

"……그래요. 거기까지 묻는 건 예의가 아니겠죠."

'똑똑하네. 물어야 할 것과 묻지 말아야 할 것의 차이를 잘 알고 있어.'

카이는 설은영의 깔끔한 대처가 마음에 들었다. 스킬이나 아이템, 전투 패턴 등은 그 무엇보다 소중한 자산이다.

그런 것은 랭킹이 올라감에 따라 더욱 비싸진다.

'실제로 나도 검은 별의 레이드 영상에서 블레이드 템페스트를 보지 못했다면…….'

아까와 같은 작전을 짤 수도 없었을 터!

"받아요."

설은영이 묵직한 골드 주머니를 책상 위에 올려놨다.

"흠. 언뜻 보기에도 약속한 것보다 많아 보입니다만?"

"더 넣었어요. 제 생각보다 훨씬, 훨씬 더 잘해주셨으니까. 감사의 표시예요."

"굳이 준다는데 거절하는 성격은 아니지만……."

카이가 말끝을 흐리자, 찰떡같이 알아먹은 설은영이 고개를 흔들었다.

"이 돈을 빌미로 물고 늘어지는 일은 없을 거예요. 제 이름을 걸고 약속하죠. 이 돈은 오롯이 언노운 당신이 검은 별을 쓰러뜨렸기에 드리는 돈이에요."

"그렇다면 감사히 받죠."

찝찝한 기분이 사라진 카이는 낮게 웃으며 돈 주머니를 제 인벤토리에 넣었다.

"그런데 성공 보수는 천화에서 10대 길드가 되었을 때 주는 거 아니었습니까?"

"무조건 되어야죠. 이 정도까지 해주셨는데 못 올라선다면, 그건 제 능력의 부족이에요."

설은영은 한 번도 보여준 적 없던 미소를 띠고 말했다.

그 미소에서 당당한 자신감을 엿본 카이는 고개를 끄덕이며 자리에서 일어났다.

"그럼 만수무강하시고. 사업, 아니, 길드 번창하시길."

"마음이 맞으면 같이 또 일해요. 천화의 문은 항상 열려 있으니까."

"……이번에도 길드 가입하라고 붙잡을 줄 알았는데, 안 붙잡는군요."

"잡으면 잡혀줄 거예요? 아니잖아요."

'날 너무 빨리 파악하는데?'

투구 아래에서 희미한 미소를 지어 보인 카이는 곧장 천화의 길드 아지트를 나섰다.

“어디 보자…… 어이쿠, 뭘 이렇게 많이 넣었데?”

도시의 뒷골목에서 골드 주머니를 확인하던 카이가 깜짝 놀란 표정을 지었다.

무려 2,000골드! 2억에 달하는 거금이었다.

‘원래는 천 골드 받기로 했었는데…… 2배를 그냥 줘버리네. 역시 재벌!’

돈은 귀신마저 부리는 법!

카이는 싱글벙글해진 표정으로 인벤토리를 닫았다.

‘간단하게 엘프의 마을을 찾아가려고 했던 일이, 생각보다 길어졌어.’

하지만 깔끔하게 마무리 지어서 다행이다.

‘검은 별 놈들 페널티 끝나면 다시 접속하겠지만…….’

절대자는 패배를 용납할 수 없는 자리이다. 이미 언노운에게 짓밟힌 검은 별은 더 이상 패자로 군림할 수 없을 터.

‘뭐, 그래도 그 힘이 어디 가지는 않겠지. 당분간 몸 좀 사려야겠어.’

카이는 그렇게 다짐하며 접속을 종료했다.

[찬성 9표, 반대 0표로 스팅 님의 추방이 결정되었습니다.]

-발칸 : 마지막으로 남길 말은?

[스팅 님이 채팅방을 나가셨습니다.]

스팅은 자신의 마지막 남은 자존심을 지키기 위해 스스로 채팅방을 나갔다. 그가 나가자 무거웠던 공기가 약간이나마 느슨해졌다.

-발칸 : 설마 스팅이 당할 줄이야.

-골리앗 : 패배한 개가 더 이상 이 방에 붙어 있을 자격은 없지.

-쟈오 린 : 기사를 보니 언노운에게 당했다더군.

-산드로 : 예전부터 생각했지만…… 난 놈은 난 놈이야. 설마 검은 벌을 무너뜨릴 줄이야.

-캐서린 : 후후, 하지만 그래 봤자 검은 벌은 우리들 중 최약체…….

-미네르바 : ……가 아니어서 문제죠. 어떡하죠?

-캐서린 : 어떡하긴 뭘 어떡해, 어차피 각자 갈 길 가던 거 아니었어? 옆에서 기둥이 무너지든, 산이 무너지든, 신경 쓰지 말라고.

-골리앗 : 아무튼 이것으로 한 가지는 확실해졌군. 오늘부로 천화와

언노운의 이름값은…….

-래너드 : 10대 길드에 필적할 만큼 높아졌다.

-발칸 : 그의 다음 행보가 궁금해지는군.

길드 마스터들의 눈에 이제 언노운은 단순한 루키, 혜성 따위가 아니었다.

'언제든지, 기회만 되면 내 목줄을 물어뜯을…….'

'광포한 사냥꾼.'

'하지만 그런 만큼, 그를 끌어들이게 된다면…….'

'다른 10대 길드 녀석들과 압도적인 전력 차이를 만들 수 있다.'

모든 힘 있는 자들의 시선이 언노운의 다음 행보를 집중하기 시작했다.

한숨 푹 잔 카이는 기계처럼 양치질하고, 세수한 뒤, 시리얼을 먹고 게임에 접속했다.

'……돈도 왕창 벌었는데, 이번 퀘스트 끝나면 어디 전망 좋은 곳에 가서 고기나 썰어야겠어.'

게임 폐인…… 아니, 프로게이머의 단순한 생활이란!

우두둑.

몸을 스트레칭해서 개운한 기분을 느낀 카이는 바로 엘프의 숲으로 향했다.

"이곳이 언노운이 검은 벌을 쓸어버린 장소!"

"언노운 닭꼬치 팝니다! 살살 녹는 닭 위에 머스터드 소스와 바베큐 소스, 케찹까지 있어요!"

"자기야, 나 잘 나와?"

"응, 하나, 둘, 셋, 치즈!"

"……."

불과 하루 만에 관광의 명소가 되어버린 엘프의 숲!

이전까지는 엘프의 마을을 찾는 사람들만 찾던 곳이었는데, 지금은 사람들이 많아도 너무 많았다.

'이게 전부 내 소문 듣고 찾아온 사람들이라고?'

장사꾼들은 자신이 파는 물건 앞에 '언노운'이라는 단어만 붙인 채 팔고 있었다.

하지만 누가 봐도 그냥 닭꼬치, 팝콘이었을 뿐!

그러나 그 인기는 대단했다.

"언노운 닭꼬치 주세요!"

"언노운 팝콘 하나에 얼마예요?"

'마, 말도 안 돼.'

카이는 북적이는 사람들의 모습을 지켜보면서, 앞으로 행동

하나, 말 한마디도 신경 써야 함을 깨달았다.

자신의 영향력은 이제 일개 유저의 그것을 벗어났음이 실감되었으니까.

'허, 이것이 유명인의 고통인가……!'

누구에게도 터놓을 수 없는 비밀스러운 고통!

카이는 눈물을 머금은 채 숲의 깊은 곳으로 들어갔다.

아야나의 어머니가 주었던 지도를 따라, 곧장 엘프들의 마을에 들어갈 심산이었다.

"이제 조금만 더 가면……."

지도를 쳐다보며 중얼거리는 순간, 갑자기 화면이 붉게 물들었다.

[포이즌 애로우로 기습을 받았습니다.]

[포이즌 마스터 스킬이 발동됩니다.]

[살로네타의 독에 완벽하게 저항했습니다.]

"……?"

카이가 벙찐 표정을 지었다.

46장

엘프의 마을(1)

"……?"

이렇게 인적이 드문 숲속에서 기습이라니?

게다가 지금은 바다의 폭군 세트도 아닌 사제복을 입고 있는 상태.

그가 언노운이라는 것은 사실은 누구도 알 수 없었다.

카이가 벙찐 표정으로 가만히 있자 나뭇가지 위에 서 있던 누군가가 바닥에 툭하고 떨어졌다.

"후후, 기다리고 있었다. 푸른 역병의 힘을 다루는 인간."

잘난 듯이 말하는 남성은 피부가 새카맣고, 귀는 뾰족했다.

'엘프……? 아니, 다크엘프인가!'

몬스터 도감에도 수록되는 그들은, 아인종 NPC가 아닌 몬스터로 분류가 되었다.

'다크엘프는 과격하고 폭력적인 이들이라 몬스터로 분류한다고 도서관의 책에 쓰여 있었어.'

카이의 눈동자가 커지자, 남자가 낮은 웃음을 흘렸다.

"아, 움직일 생각은 하지 않는 게 좋을 거야. 살로네타의 독에 중독되었으니 멋대로 움직이려 할수록 오히려 독이 퍼지는 속도는 더욱 빨라……."

"신성 사슬."

촤르르르륵!

문답무용.

카이는 우선 그를 사슬로 칭칭 묶은 후 땅에 눕혔다.

자신의 머리가 땅에 처박히고 나서야 터져 나오는 비명.

"마, 말도 안 된다! 분명 화살촉에 살로네타의 독을 묻혔거늘!"

그 물음을 가볍게 무시한 카이가 물었다.

"갑자기 왜 나를 공격한 거지?"

"크윽, 그냥 날 죽여라!"

'오호, 이유가 있긴 있나 보네?'

카이의 눈빛이 반짝였다.

보통 몬스터가 유저를 공격하는데 이유는 없다.

그냥 보이니까 선빵을 치는 것뿐!

하지만 눈앞의 다크엘프는 달랐다.

등장하면서부터 푸른 역병을 운운했으니까.

'설마 다크엘프들이 뮬딘 교와 관련이 있는 건가?'

그것이 사실이라면 무엇을 알고 있는지 캐내야 한다.

카이가 신성 사슬을 강하게 잡아당기자 줄이 팽팽해지며 남성의 몸을 조였다.

"크으으윽!"

"뮬딘 교에서 보냈나?"

"……뮬딘 교? 나는 그런 곳을 모른다."

다크엘프는 강하게 부정했다.

'이놈 봐라?'

카이는 녀석의 등을 밟은 다리에 힘을 주면서 주변을 스윽 둘러봤다.

'다행스럽게도 인적은 드물어 보여.'

깊은 숲 속의 어둡고 으슥한 장소!

딱, 딱!

카이는 손가락을 튕겨 블리자드와 미믹을 소환했다. 소환된 블리자드와 스켈레톤 나이트 미믹을 쳐다본 다크엘프는 코웃음을 쳤다.

"큭, 고문인가? 난 자랑스러운 정찰병. 인간의 고문 따위에 굴복하지 않을 것이다."

'이 녀석은 뭐, 하는 말마다 비밀이 있다고 광고를 하네.'

카이는 고개를 절레절레 흔들더니, 굳건한 그의 표정을 쳐다보며 입을 열었다.

"글쎄, 이게 고문인지는 나도 잘 모르겠네. 얘들아, 공격해. 숨은 붙여두고."

말을 마친 카이는 근처의 평평한 나무둥치에 앉더니 커뮤니티 창을 구경하며 놀기 시작했다.

퍼억, 퍼억.

"크윽, 커억!"

210레벨이 넘는 다크엘프 정찰병은 맷집이 대단했다.

블리자드와 미믹이 진심을 담아서 패는 데도 무려 20분이나 버틸 정도!

딱딱!

카이는 미믹이 자신의 소매를 잡고 흔들자 자리에서 일어났다.

"끝났어?"

끄덕끄덕.

다크엘프는 얼굴이 퉁퉁 불어 있었지만, 카이를 올려다보며 씨익 웃었다.

'크큭, 아무것도 묻지 않고 폭력을 행사하는 건 확실히 예상 밖이었지만…… 결국 난 진실을 말하지 않았다.'

상황이 상대방의 의도대로 흘러가지 않는다는 것에서 흘러나오는 자부심!

하지만 카이는 빤히 다크엘프를 쳐다보더니 그의 이마에 손을 얹었다.

“햇살의 따스함.”

위이이잉.

신성력이 한 차례 빛나더니 다크엘프의 몸에 녹아들었다.

“아, 다행이다.”

카이는 새 살이 솔솔 돋아나는 다크엘프를 쳐다보며 자애로운 미소를 지었다.

‘뮬딘 교와 연관이 있다고 해서 신성력에 피해를 받으면 어쩌나했는데…… 이게 치료가 되네.’

[다크엘프 정찰병이 회복됩니다.]

…….

“크하하하! 한심한 녀석.”

몸의 활력이 돌아오자 다크엘프가 웃음을 터뜨렸다.

그와 동시에 짓는 표정은…… 마치 네놈의 생각 정도는 모두 알고 있다는 얼굴!

“이런다고 내가 네놈에게 고마움을 느낄 거라 생각했나? 천만에!”

"고마움? 아니, 아니, 그런 건 바라지도 않아."

피식 웃으며 손사래 친 카이는 뒤도 돌아보지 않고 제자리로 돌아가며 말했다.

"얘들아, 뭐해? 공격해. 숨만 붙여두는 건 알지?"

"……."

갑자기 분위기가 싸해진다는 것이 이런 상황을 두고 하는 말일까!

'다크엘프는 이건 좀 아니지 않나요?'라는 표정을 지으며 다급히 인간을 불렀다.

"인간, 인간!"

"……."

하지만 이미 카이는 음악을 크게 키워놓고 커뮤니티를 구경 중인 상태!

입이 달작거리는 다크엘프에게 블리자드와 미믹이 천천히 다가갔다.

"아, 그렇게 된 거구나."

"그허스빈다."

"진작 이렇게 말했으면 얼마나 좋아."

"……."

나무테 위에서 양반다리를 하고 있는 카이의 앞에, 눈덩이가 퉁퉁 부은 다크엘프 하나가 무릎을 꿇고 앉아 있었다.

지난 2시간 동안 고문 아닌 고문을 한 결과!

'비록 NPC라지만 한 생명의 마음이 꺾이는 과정을 보는 건 참으로 마음이 아프구나.'

그래도 결과부터 말하자면 자초지종을 들을 수 있었으니 매우 이득!

카이는 그에게 들은 이야기를 떠올리며 심각한 표정을 지었다.

'뮬딘 교 잔당이 다크엘프와 접선을 시도했을 줄이야.'

녀석의 말에 따르면 엘프의 숲에는 두 개의 엘프 마을이 있다.

하나는 카이가 찾아가려던 일반적인 엘프의 마을. 다른 하나는 눈앞에서 질질 짜고 있는 다크엘프의 마을.

'다크엘프는 몬스터로 인식되는 녀석들이니…… 뮬딘 교와 손을 잡아도 이상할 건 없지.'

뮬딘 교는 확실히 지난 전쟁의 패배에서 교훈을 얻었다.

그것은 바로 아인종을 무시해선 안 된다는 것.

'이걸로 벌써 두 번째인가.'

첫 번째는 인어족들이었다. 뮬딘 교는 나가족과 결탁하여

인어들의 왕국을 멸망시키려 했다.

아인종과 인간들이 힘을 합치면 얼마나 두려운 군대가 탄생하는지 누구보다 잘 알고 있었기 때문!

비록 그 시도는 카이의 불사의 무적, 마법의 소라고둥 콤보에 막혀 산산조각이 나버렸지만.

"흠."

역시 이렇게 중대한 사항은 타르달에게 보고해 두는 편이 좋을 것이다.

카이가 천천히 자리에서 일어나려는 순간, 한 줄기의 파공성이 귓가를 파고들었다.

쇄애애액!

'화살?'

카이의 반응은 빨랐지만, 소리를 인지한 순간에 화살은 이미 심장을 관통해 있었다.

"커, 커어억……."

자신이 아닌 다크엘프의 심장에.

"어이, 이봐!"

카이가 황급히 힐 스킬을 사용하려 했지만, 이미 폴리곤이 되어버린 상대에게는 의미가 없었다.

"크허헝!"

딱딱딱!

동시에 얌전하던 블리자드와 미믹이 돌연 시끄럽게 울부짖기 시작했다.

"왜 그래? 무슨 일이야?"

카이가 그들을 진정시키려 했지만, 그들은 좀처럼 진정하지 못했다.

'블리자드의 이 반응은…… 마치 아오사를 처음 봤을 때와 비슷해.'

물론 그때는 공포에 얼어붙었다면, 지금은 다가올 전투에 호승심을 느낀다는 것이 다를 뿐.

'이 녀석들이 이런 반응을 보인다는 건…… 확실히 주변에 누군가가 있어.'

카이는 지그시 눈을 감으며 귀에 모든 신경을 집중했다.

귓가로 들어오는 수많은 소리 중, 필요 없는 소리들을 하나씩 지워 나갔다.

바람이 나뭇가지를 흔드는 소리.

새가 지저귀는 소리, 그리고…….

휘이이…… 후우웅!

잘 이동하던 바람이 무언가에 부딪혀 갑자기 방향을 바꾸는 소리!

'찾았다!'

눈을 번쩍 뜬 카이는 망설임 없이 몸을 돌리며 신성 사슬을 뿌렸다.

좌르르륵!

"꺄아아악!"

쿵!

황급히 달려간 카이는 바닥에 떨어진 무언가를 확인했다.

"으으으……."

쫑긋 세워진 두 귀가 고통 때문인지 파르르 떨렸고, 큼직한 눈망울엔 눈물이 방울방울 맺혀 있었다.

성형이 필요 없을 정도로 높게 세워진 콧날은 분해서인지 빨갛게 변한 상태!

카이는 시선을 내려 엘프 여성의 피부색을 확인했다.

'……하얀색.'

다크엘프가 아닌, 자신이 찾던 일반적인 엘프.

카이는 머쓱한 표정으로 오른손을 건넸다.

"저기, 미안합니다. 적인 줄 알고……."

피잉! 콱!

다시 한번 날아드는 화살.

정확히 카이의 귓 볼을 스친 화살은 땅에 박혔다.

'움직이지 말라는 경고?'

카이는 무기를 빼 들며 포효하는 미믹과 블리자드를 진정시키고 천천히 고개를 들었다.

나무들이 무성한 숲. 그 나무에서 뻗어 나온 나뭇가지 위로는 수십의 엘프가 활시위를 팽팽하게 당긴 채 서 있었다.

'대체 언제 온 거야?'

과연 숲의 파수꾼이라 불리는 이들!

유니크 등급의 위기 감지 스킬이 있는 미믹조차 눈앞의 여자 엘프를 눈치채는 것이 고작. 다른 엘프들의 존재는 알아차리지도 못했다.

'영체화를 사용하면 화살이야 무시할 수 있긴 한데…….'

잠시 고민하던 카이는 고개를 흔들었다.

'어차피 저들과 싸우러 온 것은 아니니까.'

두 손을 들어 전투 의사가 없음을 알리자 발치에 쓰러져 있던 엘프가 순식간에 카이를 넘어뜨렸다.

현역 주짓수 선수가 보았다면 엄지를 척 올렸을 정도의 깔끔한 투 레그 태클!

그녀는 낮게 으르렁거렸다.

"각오하는 게 좋을 거야, 검둥이 녀석의 동료."

"아, 아니 갑자기 그런 피부색을 차별하는 수위 높은 발언은 조금……."

"시끄러워! 당장 저것들 무기 내려놓으라고 해!"

'목청도 좋아라.'

카이는 손가락을 튕겨 펫들을 역소환했다.

"이제 됐죠?"

"소환사였나 보지? 입 닥아."

그녀는 카이의 머리를 바닥에 처박더니 그의 두 손을 등 뒤로 묶었다. 이어서 무언가로 손목을 강하게 묶은 그녀는 그제야 카이의 뒷덜미를 잡고 그의 상체를 일으켰다.

"수고했다."

나뭇가지 위에 서 있던 엘프들이 바닥으로 내려오며 카이를 포위했다.

그 과정에서 그들이 만들어낸 소음은 제로!

죄인처럼 무릎 꿇은 카이는 자신을 빙 둘러싼 엘프들을 보며 감탄사를 내뱉었다.

'와…….'

이렇게 선남선녀 비율이 높은 종족이 있을 수도 있다니!

그들은 하나같이 배우와 모델 뺨을 두세 대는 때릴 듯한 얼굴과 몸매를 자랑했다.

스윽.

뺨에 세 줄의 노란색 막대기를 그려놓은 엘프가 카이의 앞으로 다가왔다.

"인간, 다크엘프 부족과 대화를 나누는 모습은 목격했다. 무슨 대화를 나눴지?"

"……."

목격을 했다는 사람이 저런 소리를 하다니!

누가 봐도 고문자와 피고문자의 모습이었거늘!

카이는 옅은 한숨을 내쉬며 입을 열었다.

"엘프 분들께서는 대상이 하는 말이 진실인지 거짓인지 구분할 수 있다고 들었습니다."

"옳다."

"그렇다면 제가 하는 말도 판별하실 수 있겠지요. 우선, 전 다크엘프들의 동료가 아닙니다."

올곧은 눈빛을 드러내며 당당하게 말하는 카이.

잠시 그의 눈을 쳐다보던 엘프들이 서로의 얼굴을 쳐다보며 당황했다.

"뭐, 뭐지?"

"이 인간. 진실력이 높아!"

"진실력이 이렇게 높은 경우는 틀림없이 사실일 경우뿐인데……."

"그럼 우리가 잘못 짚었다는 건가?"

"하지만 저 인간은 '그' 푸른 역병의 힘을 사용했다고."

"그런데 그 뒤에 땅을 다시 정화시켰잖아."

"그래서 정체를 확인하러 온 거잖아."

당황한 표정을 감추지 못하는 엘프들. 카이에게 질문을 던진 엘프조차 눈동자가 살짝 흔들렸다.

잠시 침묵을 지키던 그가 천천히 입을 열었다.

"그럼…… 넌 대체 뭐지?"

씨익.

미소를 지은 카이가 당당하게 말했다.

"태양의 사제, 사도죠."

To Be Continued